weissbooks.w

Britta Schröder
Zwölfender
Roman

weissbooks.w

Für Adrian

Zwölfender

Kleeblatt

Der Druck dieses Buches wurde ermöglicht durch die Unterstützung von Gunhild Schäfer, Gerwin Janke und einem ungenannt bleibenden Freund des Verlages.

Ich war ein Dummkopf, und was ich gesehen habe,
hat mich zu zwei Dummköpfen gemacht.

Pedro Calderón de la Barca

Mein rechtes Handgelenk ist geschwollen. Es sieht unförmig aus, grünlich zudem, und schmerzt bei bestimmten Bewegungen so sehr, dass ich zusammenzucke. Dabei habe ich nur mit der flachen Hand gegen eine Tür geschlagen, die verschlossen blieb.

Oft, ja, und ziemlich heftig, das stimmt.

Ich habe das Gelenk nicht verbunden. Hätte auch gar kein Verbandszeug gehabt.

Dass es übel aussieht, bestätigt mir, dass ich das alles nicht geträumt habe. Nachts hält mich ein gleichmäßiges Pochen vom Davondriften ab.

Ein anderes Mal, es ist ein paar Jahre her, schlug ich ähnlich verzweifelt – oder nein: doch anders, haltloser – mit einer rechten

Geraden gegen eine Wand, sodass der Mittelhandknochen rechts außen brach.

Zwei Drähte mussten eingesetzt werden. Ich kam ins Krankenhaus.

Vor der Operation verabreichte man mir eine Spritze in die Achselhöhle.

Der Schmerz war so atemberaubend dumpf, dass mir unversehens eine Auswahl längst vergessener Begebenheiten durch den Sinn rann.

Danach sah ich meinem jodbestrichenen Arm dabei zu, wie er, nichts wollend, zwischen grünen Tüchern hin- und hergehoben wurde. Dieser Arm, in dem sich bündelt, was ich bin, war lahm und fern, als gehörte er niemandem.

Ein paar Wochen später sollten die Drähte in der Praxis eines Handchirurgen entfernt werden. Ich erhielt eine Narkose und sank in eine angenehme dunkle Tiefe.

Unten, auf dem sandigen Grund, lösten sich die Gewichte von selbst, und ich stieg langsam wie ein Taucher zurück an die Oberfläche. Je näher ich ihr kam, desto mehr trug mich die Idee, wieder vollständig zu sein. Ich sah meine rechte Hand wieder zugreifen, arbeiten mit allem, was ich mag: Holz, Stein, Gips, Farbe, Blattgold, Silikon.

Der Chirurg ernüchterte mich. Man habe mit Mühe einen der beiden Drähte auslösen können, der andere aber stecke noch im Knochen und müsse im Krankenhaus entfernt werden, was frühestens nach vier weiteren Wochen Heilung möglich sei.

Die Warterei war mir unerträglich.

Ich habe die wichtigsten Dinge im Leben greifend begriffen, auch wenn meine Augen und Ohren meist wach sind.

Ein Holzscheit in der Hand halten – und jede verloren geglaubte Gewissheit ist wiederhergestellt. Ein Blatt Papier kann, je nach Beschaffenheit, zum Schreiben einladen oder davon abhalten. Gips, frisch angerührt, wird warm, als hätte man selber ein Leben erschaffen, und er erkaltet wie die, die man verliert.

Stein gibt sich ungefügig und ist es doch nicht; Silikon gibt sich geschmeidig und weich, ist aber zäh und widerständig.

Blattgold legt sich, obschon fein und leicht und flatterhaft, in unendlicher Schwere auf jedes Material. Gold sagt immer: Schluss, genug geatmet. Ewigkeit.

Man muss nur mit einer Hand seine Stirn umfassen (Daumen an die eine Schläfe, Mittelfinger an die andere) – und sofort begreift man, dass man eines Tages sterben wird.

Einen Zeigefinger in kaum geronnene Ölfarbe drücken, ist eine der größten Verlockungen. Ein gut geformtes Geländer oder eine perfekte Kugel umgreifen – und für einen Moment ist jeder Zweifel dahin.

Um den verbliebenen Draht loszuwerden, ging ich noch einmal ins Krankenhaus. Die Ambulanz der chirurgischen Abteilung: erst eine Schwester, dann zwei Ärzte. Eine Frau, ein Mann.

Ich erhielt eine örtliche Betäubung, die mehrfach zu erneuern war. Die Hartnäckigkeit, mit der sich der Draht in meinem Knochen festgesetzt hatte, irritierte alle Anwesenden.

Geblieben sind eine etwa drei Zentimeter lange Narbe an der Handkante und ein unangenehm surrendes Gefühl bei jeder noch so zarten Berührung damit. Ich vermeide es inzwischen unbewusst, mit dieser Seite der Hand irgendwo anzustoßen. Jemandem die Hand geben, das geht. In diesen Momenten (und ich habe einen festen Händedruck) blende ich das leise Singen in den Nerven einfach aus. Aber mit der geballten Rechten auf den Tisch hauen – zum Beispiel –, das fiele mir tatsächlich gar nicht mehr ein.

Daher wohl auch die flachen Schläge neulich.

Gute Schauspieler, so las ich, erkennt man daran, dass sie im gespielten Ärger die richtige Reihenfolge einhalten: Man schlägt zuerst auf den Tisch und fängt danach an zu fluchen. Auch weiß man aus neurologischen Untersuchungen, dass unsere Hände den Impuls zum Ergreifen eines Gegenstands erkennen lassen, noch bevor unsere Gedanken den Befehl dazu erteilen. Es ist eine Art vorbewusstes Zucken. Messbar.

Was heißt das?

Meine Hände wissen, was zu tun ist, bevor ich es weiß.

Meine beiden Hände haben im Laufe der Jahre – längst auch vor dem Knochenbruch – zwei vollkommen verschiedene Funktionen und ein entsprechend unterschiedliches Aussehen angenommen:

Meine Linke ist deutlich schmaler und zartgliedriger als die Rechte. In Gesellschaft rauche ich vorzugsweise mit der Linken.

Sie erscheint mir einfach ansehnlicher. Mit der Rechten begreife ich den Kern der Dinge, mit der Linken nur die Oberflächen.

Für meine Augen gilt dieselbe Arbeitsteilung. Mein rechtes Auge und meine rechte Hand sehen älter aus als das linke Auge, die linke Hand.

Als Kind gab es für mich nur ein einziges Kriterium für gute Kleidung: Sie musste Taschen haben, in denen ich meine Hände vergraben konnte. Keine Aufnahme, auf der ich sie nicht in die Hosen- oder Jackentaschen drücke. (Eine wenig mädchenhafte Angewohnheit, befand meine Mutter.)

Mag sein, dass es auch daran liegt: Meine Hände waren nie besonders schön. Sie sind, wenn ich sie jetzt betrachte, sehnig und verhältnismäßig lang. Es zeichnen sich erste Altersflecken ab, ziemlich viele Falten an den Knöcheln und die Spuren einer lang verjährten Verbrühung.

Es sind nüchterne Hände. Sie greifen zu, als gäb es keinen Zweifel.

Meine Rechte wäre fähig, meine Linke zu brechen. Und umgekehrt.

Woher diese Kraft in ihnen kommt, weiß ich nicht. Sie ist mir selbst ein bisschen unheimlich.

Ich neige zum Jähzorn.

1

Ich sehe meinen Vater dicht vor mir stehen.

Wir halten uns in seiner Küche auf, verlegen wie zwei, die sich eben erst kennengelernt haben. Ich überreiche ihm einen Strauß Tankstellen-Blumen.

Das war am 11. Mai dieses Jahres.

Mein Vater tat, was er am besten beherrschte: gut gelaunt tun.

Ich beobachtete ihn dabei, wie er ein Messer aus der Schublade zog, um die Blumen anzuschneiden, wie er das Messer beiseitelegte und die Blumen in einer Vase versenkte.

Ich versuchte, ihm mit unvoreingenommener Freundlichkeit zu begegnen.

Ich war da, um Frieden zu schließen, nach vielen Jahren eisiger Stille.

Ich erprobte mich darin, seine Unsicherheit sympathisch zu finden, und heftete, um mich milde zu stimmen, meinen Blick auf die Zeichen des Alters – auf die Falten, das gelichtete Haar, die Pigmentflecken auf Stirn und Händen.

Ich versuchte, diesen Mann vor mir von meiner Geschichte zu trennen.

Es glückte mir nicht, er war mir zu ähnlich.

Zum ersten Mal verstand ich die Vergleiche meiner Mutter: Diese Gestik, die langen Arme und Beine, dieselbe Mischung aus Kontrolliertheit und Nachlässigkeit in den Bewegungen. Dieselbe innere Spannung, die Bereitschaft, jederzeit zu einem Sprung anzusetzen.

Früher einmal erschien mir mein Vater, getrieben von Fernweh, Ehrgeiz und dem Wunsch, allen unverhohlen die Meinung zu sagen, als Experimentator im Auftrag der Wahrhaftigkeit.

Von ihm habe ich gelernt, niemanden nach seinem Äußeren oder nach seinem Beruf zu beurteilen. Ihm verdanke ich die Fähigkeit, gutes Handwerk zu erkennen. Und das Interesse an Kunst. Er brachte mir bei, zu kosten, was ich nicht kannte.

Mein Vater verkörperte ein sattes, ein zweifelloses Leben. Bis er sich nach einem Satz, der seine Eitelkeit verletzte, von mir abwandte.

Er tat das mit derselben Entschiedenheit, mit der er mich zu seiner Komplizin erklärt und in seine Experimente eingeweiht hatte.

Seine plötzliche Missachtung traf mich, sodass ich strauchelte, fiel und liegenblieb.

Wie lang genau, weiß ich nicht. Eines Tages setzte ich mich auf, befreite meine mit dem Unterholz verwachsenen Kleider von allerlei Geäst, klopfte die Kletten und Käfer ab und schlug mich, immer schneller werdend, durch die Farne.

Jetzt stand ich in seiner Küche.

»Wie ist es dir ergangen?«, erkundigte er sich.

Die Arglosigkeit seiner Frage stieß mir in die Kniekehlen.

Schwer zu sagen, was mich härter traf: seine oder meine Verachtung.

Weiß nicht. Vielleicht war das auch eins. Weiß nicht.

Mein Vater öffnete den Kühlschrank und griff nach einer Flasche Wein.

»Ich …«, sagte ich.

Er drehte sich zu mir um.

Ich nahm das Küchenmesser von der Anrichte und schob es in seinen Körper.

Er sackte zu Boden, es floss wenig Blut.

Er atmete flach und sah mich ausdruckslos an. In seinem Blick war nichts. Keine Furcht, kein Flehen, kein Vorwurf, kein Bedauern, kein Zorn.

Ich sah, dass er am Leben nicht hing.

Seine Heiterkeit, seine Neugierde und Abenteuerlust waren nur ein Schild gewesen, hinter dem sich Leere und Unlust verbargen.

Ich rief einen Krankenwagen und verließ das Haus mit ruhigen Schritten.

Meiner rechten Armbeuge entspringt eine Ader, schwer wie ein Kabel. Sie nimmt geraden Verlauf über den Innenarm, wendet sich dann seitwärts, hin zum äußeren Handgelenk, das sie in einer sanften Kurve umrundet. Kurz über der Handwurzel teilt sie sich in zwei Ströme.

Der eine fließt in den Atlantik, wo sich meine Erinnerungen mit denen anderer brechen und als nervöse Wachheit in mich zurücklaufen.

Der andere mündet in den Pazifik, führt hinunter in den Marianengraben und an die Nordküste Chiles in Richtung Wüste, wo alles verödet.

Ich suche mir diese Bilder nicht aus. Sie sind in meinem Kopf.

2

Zwei Tage nach der Sache mit meinem Vater reiste ich nach Cocoa Beach in Florida.

Ich schlief am Strand.

Sofern ich wach war, behielt ich die Brandung im Blick.

Das ausdauernde Nocheinmal der Surfer erzeugte Überdruss in mir. Wenn mich einer ansprach, einlud zum Bier oder herüberwinkte zu seinen Freunden, dankte ich und lehnte ab.

Manchmal robbte ich nur einem Schatten hinterher und fiel gleich danach wieder in eine bodenlose Müdigkeit.

Wenn ich Hunger bekam oder etwas zu trinken brauchte, raffte ich mich auf und lief zu einer kleinen

Strandbar, die von einem mexikanischen Ehepaar betrieben wurde. Keiner der beiden schien an meinem zunehmend verschmutzten Äußeren Anstoß zu nehmen, und nie behelligten sie mich mit Fragen.

Nach einer Weile entdeckte ich unweit der Bar eine Düne, die mir tagsüber Schatten spendete und mich nachts von den Gruppen am Strand abschirmte.

In meiner Sandmulde liegend, hörte ich gelegentlich, wie der Klangteppich eines Vergnügungsparks über mich hinwegflog.

Je länger ich blieb, desto besser gelang es mir, alle anwesenden Geräusche in meine Träume einzubauen.

Ich schlief.

Ich schlief tagelang.

Eines Nachmittags wachte ich auf, weil mir die Knochen schmerzten. Ich brauchte Bewegung.

Ich verstaute das wenige, das ich bei mir hatte, in einen Plastikbeutel und lief los, barfuß, kilometerweit, stets dem schmalen Streifen zwischen Meer und Dünen folgend, bis ich Satellite Beach erreichte.

Es war längst dunkel, als ich auf etwas trat, das nur knapp aus dem Sand ragte, mir aber tief in die Fußsohle schnitt. Ich setzte mich, verband die Wunde mit einem Stück Stoff, das mir bis dahin als Haarband gedient hatte, und tastete nach dem Ding im Sand.

Es war ein Kabel, an dessen Ende ein dickes Bündel Drähte aus der Isolierung stach.

Ich grub, zunächst mit den Händen, ein Loch rund um den Strang. Später fand ich eine Kinderschaufel, die mir das Graben erleichterte.

Das Kabel führte in die Tiefe und in Richtung Ozean.

Ich kramte nach meiner Taschenlampe, öffnete das Batteriefach und leerte es. Dann schob ich einen Teil der freiliegenden Drähte in den Metallschaft, bis sie die Kontakte berührten.

Einige Sekunden lang passierte nichts, dann ein erstes, mattes Glimmen des Glühfadens, ein unruhiges Flackern und schließlich: brennend weißes Licht, das den Strand für einen kurzen Moment erleuchtete.

Ich ließ die Taschenlampe fallen. Sie glühte.

Am nächsten Tag nahm ich ein Taxi nach Orlando, besorgte Brandsalbe und Verbandszeug, Unterwäsche, einen Anzug, ein Paar Schuhe und eine kleine lederne Reisetasche. Anschließend fuhr ich weiter zum Flughafen und kaufte ein Ticket nach Frankfurt.

In einem der Waschräume nahm ich eine Dusche, verband Fuß und Hand, zog mich an und entsorgte meine alten Kleider. Dann aß ich eine Portion Spaghetti und wartete, bis ich mit den anderen Passagieren zum Boarding aufgerufen wurde.

3

Frankfurt war, wie ich es kannte. Als ich in meine Straße einbog, grüßte mich einer der Kellner aus meiner Stamm-Pizzeria, und die Kioskbesitzerin winkte mir zu wie jedesmal, wenn ich vorbeilief.

Ich stellte die Reisetasche in meiner Wohnung ab, sah mich kurz um und ging dann hinunter in die Cafébar im Erdgeschoss, um ein Stück Kuchen zu essen.

Wieder zu Hause, hörte ich den Anrufbeantworter und die Mailbox ab: Nur ein Arbeitsauftrag, zwei Nachrichten von Aaron und eine von meiner Mutter, die mir mit einem Unterton zurückgehaltener Aufgeregtheit berichtete, mein Vater sei, das habe ihr ein ehemaliger Nachbar erzählt, überfallen und niedergestochen worden. Er liege nun im Krankenhaus, sage aber nichts und habe auch die Polizei nur glasig angestarrt.

Ihr Anruf endete mit einer Feststellung und mit einer Frage. »Nun. Dein Vater ist ja ohnehin nicht ganz von dieser Welt. Apropos: Wieso weiß ich nie, wo du dich herumtreibst?«

Die nächsten Tage verbrachte ich damit, liegengebliebene Post zu sichten, ein paar Freunde zu treffen, E-Mails zu schreiben und die von meinem Auftraggeber angeforderte Dokumentation einer Deckenrestaurierung zusammenzustellen.

Aaron traf ich zweimal: einmal zum Mittagessen in der Innenstadt, einmal zum Abendessen bei ihm zu Hause.

Er war aufmerksam und besonnen wie immer, aber auch distanzierter als sonst.

Ihm in seiner Küche gegenübersitzend, unternahm ich den Versuch, mich ohne Rapport zu erklären. »Ich bin«, erzählte ich etwas unbeholfen, »einer Art brennendem Dornbusch begegnet.«

Zum Beweis löste ich den Verband von meiner Rechten und präsentierte ihm die Brandblasen.

Aaron sah mich schweigend an, legte den Verband neu und hielt meine Hand eine Weile lang in der seinen. »Alles in Ordnung mit dir?«, fragte er.

»Was meinst du damit?«

»Deine Mutter hat mich angerufen und mir von der

Geschichte mit deinem Vater erzählt.« Er zögerte. »Das bist du gewesen, oder?«

»Ja«, antwortete ich. »Aber er ist offenbar schon wieder auf dem Weg der Besserung.«

»Und du?«

»Ich auch.«

»Wie du meinst«, kommentierte er trocken, schob seinen Stuhl zurück und stand auf, um eine offengelassene Schublade zu schließen.

An diesem Abend gingen wir auseinander wie zwei, die, weil sie ein Geheimnis teilen, nicht mehr offen miteinander sprechen können.

Tags darauf begann ich, alle meine Kleider zu sichten.

Ich untersuchte sie nach Farnresten.

Der Schrank war groß, doch übervoll, und so schob ich die Bügel mit Kraft auseinander.

Vor mir lag eine Lichtung.

Ich atmete tief ein, trat ins Freie, zog Schuhe und Strümpfe aus. Der Waldboden war weich, kalt und feucht. Ich setzte mich.

Keine Frage, ich fühlte mich einsam. Aaron, auf den ich bis jetzt immer zählen konnte, zog sich zurück, und ich verstand ihn.

In die Stille vor mir sprang ein Hirsch. Ich dachte die Wörter »Knochengeweih« und »Zwölfender«.

Er sah mich an und machte einen Satz.

Dann stand er ruhig und fing an zu grasen.

Kurz darauf fiel ein Schuss. Der Hirsch rutschte zitternd zu Boden.

Ich lief zu ihm.

Nur einen Augenblick später stand eine dicke, in Loden gekleidete Frau neben mir.

»Den will ich seit langem«, sagte sie kurzatmig, ohne mich anzuschauen.

»Und? Haben Sie ihn jetzt?«, fragte ich.

Sie hob verständnislos die Schultern.

Ich beobachtete ihre routinierten Bewegungen, wie sie einen kleinen Eichenast durch die Schusswunde zog und ihn entzweibrach. Die eine Hälfte schob sie dem Tier ins Maul, die zweite steckte sie sich an den Hut. Behende packte sie den Hirsch bei den Läufen und drehte ihn auf seine linke Seite.

Ich stand daneben und fühlte mich klein.

Plötzlich fiel mir auf, dass seine Augen die Farbe wechselten. Sie brachen, langsam, aber deutlich sichtbar, von braun zu blau.

Ich zitterte vor Kälte.

Erst als ich mich von dem Tier und der Frau abwandte, bemerkte ich, dass sich zwei weitere Jäger zu uns gesellt hatten.

Ich nickte ihnen zu, wünschte, ich weiß nicht warum, einen guten Abend und kehrte in meinen Schrank zurück.

Ich warf alle meine Kleider fort. Nur eine dünne Jacke und den Anzug, den ich in Orlando gekauft hatte, behielt ich.

In den folgenden anderthalb Wochen kümmerte ich mich um die Zusammenstellung eines Teams für das nächste Restaurierungsprojekt. Zu meiner Erleichterung waren meine drei Wunschkolleginnen frei und sagten zu.

Da ich alles am Telefon regeln konnte, blieb ich die meiste Zeit im Pyjama.

Wir besprachen die Vorbereitungen der Restaurierung, deren Ablauf und koordinierten alles so, dass ich erst zwei Wochen nach Beginn der ersten Wandschnitte dazukommen musste.

Mir blieben also insgesamt vier Wochen.

Die Abende verbrachte ich damit, meine Schränke, Regale und Ordner zu leeren. Gelegentlich fuhr ich, immer nachts, zu einem Container, um mich der im Flur gestapelten Papiere und Bücher zu entledigen.

Immer wieder kam mir das Kabel in den Sinn.

Ich buchte einen Flug nach Santiago de Chile.
Ich hatte einen Plan – oder zumindest eine Hoffnung.

4

Am 6. Juni stieg ich ins Flugzeug.

In meiner Reisetasche führte ich nur etwas Wäsche zum Wechseln, einen Kompass, eine Landkarte und meine neue Taschenlampe mit.

Wie immer, wenn ich mit dem Flugzeug oder mit der Bahn verreise, hatte ich einen Platz am Gang reserviert.

Neben mir, am Fenster, saß ein Mann von etwa dreißig Jahren. Zunächst nahm ich nur wahr, dass er strohblondes Haar hatte. Dann bemerkte ich, dass er in ein Buch mit Hieroglyphen vertieft war. Gelegentlich tippte er etwas in den aufgeklappten Rechner vor ihm. Seine Bewegungen erschienen mir eigentümlich gesteuert und auffallend langsam.

Irgendwann legte er sein Buch beiseite, drehte sich zu mir um und sah mich restversunken an wie jemand, der gerade aufgewacht ist.

»Guten Abend«, sagte er.

Wir kamen ins Gespräch.

Robert litt seit seiner Geburt an einer Muskelschwäche. Seine Sprache war verzögert wie seine Bewegungen, aber die Schnelligkeit, mit der er dachte, sein Witz und seine Aufgeschlossenheit hielten unerschrocken dagegen.

Er erzählte mir von seiner Dissertation, von seiner Freundin Fanny, seiner Familie und seinen Reisen. Ich berichtete ihm von meiner Arbeit, von Aaron und von meinem Bedürfnis, nur noch das Notwendigste zu besitzen.

Robert war Anthropologe und Dozent an der Universität von Cleveland. Seine Eltern lebten in Wiesbaden, er hatte sie gerade besucht.

Jetzt war er auf dem Weg zu einem Forschungsprojekt in Kolumbien, gönnte sich aber zuvor einen Aufenthalt in Santiago, um, wie er sich ausdrückte, nicht nur in der Vergangenheit zu graben.

Wenn ich heute an diese ersten Gespräche zurückdenke, möchte ich mich schützend davorstellen. Ich wünschte, ich könnte … ach.

Als wir zum Zwischenstopp in São Paulo aus dem Flugzeug stiegen, wusste ich längst, dass Robert zu jener seltenen Sorte Menschen gehörte, mit denen man im Notfall gern das Rettungsboot teilt.

Wir stiefelten durch das Flughafengebäude, schauten die Auslagen in den Geschäften an und blätterten gemeinsam in Zeitschriften.

An einer Espressobar sitzend, wies ich ihn darauf hin, dass sein Hemd schief geknöpft sei.

»Ist mir auch schon aufgefallen«, entgegnete er und blickte an sich herunter. »Aber dann dachte ich: Symmetrie ist was für Simpel.«

Wie ich hatte auch Robert die Reise nur unzureichend geplant.

Als wir in Santiago landeten, stellte sich uns beiden die Frage, wo unterkommen.

Wir beschlossen, gemeinsam auf Hotelsuche zu gehen, nahmen ein Taxi und baten den Fahrer um eine Empfehlung.

Robert sprach exzellent Spanisch, sodass ich mich zurücklehnen und schweigen konnte. Die Details waren mir einerlei. Ich wollte in Santiago sein, irgendwie – und von dort aus weiterreisen.

Der Fahrer brachte uns quer durch die frühmorgendlichen Vororte zum Haus seiner Tante und klingelte, immer wieder beteuernd, dass dies eine der schönsten Pensionen Santiagos sei.

Eine ältere Frau öffnete uns, sie wirkte verschlafen und ungehalten.

Nach einem kurzen Disput mit ihrem Neffen aber wies sie uns freundlich an, einzutreten und auf einer kleinen Bank im Flur Platz zu nehmen.

Wir bezahlten den Fahrer, dankten ihm und taten, wie uns geheißen.

Die Dame des Hauses stellte sich vor uns auf und betrachtete uns eingehend. Dann sagte sie: »Ich werde euch ein Zimmer fertigmachen und nachschauen, was ich im Kühlschrank finde.«

»Wie heißen Sie?«, fragte Robert.

»Rosa«, antwortete sie.

Auch wir stellten uns vor.

»Seit wann seid ihr unterwegs?«, erkundigte sie sich.

Robert zuckte die Schultern. »Eine halbe Ewigkeit.«

Sie nickte, dann drehte sie sich um, lief in den hinteren Teil des gefliesten Entrees, öffnete einen Schrank und stieg, einen Packen Wäsche in den Armen, eine schmale Treppe hinauf.

Robert und ich hörten sie seufzen und mit sich selber sprechen wie jemand, der in dem Bewusstsein lebt, niemandem einen Gefallen ausschlagen zu können.

Ich fühlte mich gut aufgehoben und war froh, Robert bei mir zu haben. Ich nahm seine Hand und drückte sie sacht.

Wir warteten.

Rosa kam wieder herunter ins Erdgeschoss, öffnete Schubladen, hantierte in der von unserer Bank aus nicht einsehbaren Küche mit Geschirr, setzte hörbar einen Topf auf den Herd und rief irgendetwas zu uns herüber.

Die Küche war geräumig. An der Wand über dem Herd baumelte allerlei Kochgerät, und über dem großen Holztisch in der Mitte des Raumes hing eine Lampe, die den Essplatz in warmes Licht tauchte.

Rosa hatte uns zwei Schalen und Gläser, einen Glaskrug mit Wasser und einen mit Rotwein bereitgestellt.

»Rind und Reis«, sagte sie, während sie das Essen in die Schalen gab.

Der Wein schmeckte beim ersten Schluck ein wenig zu süß, dann aber ausgezeichnet.

Sie setzte sich zu uns und erzählte, der Bruder ihres verstorbenen Mannes arbeite als Winzer im Cachapoal-Tal und gebe seinem Sohn Javier, unserem Taxifahrer, bei jedem seiner Besuche Wein für sie mit. Dann fragte sie uns nach dem Grund unserer Reise.

Robert berichtete ihr von seinem Vorhaben und von seiner Forschung.

»Wissenschaftler!«, bemerkte sie anerkennend.

»Und Sie? Forschen Sie auch? Oder was werden Sie in der Zwischenzeit tun?«

»Wir sind kein Paar, Rosa«, antwortete ich. »Ich bin hier, weil ich nach etwas suche. Ich möchte in die Atacamawüste reisen und dann weiter bis zur Küste.«

»Was ist es, das Sie suchen?«, fragte Rosa.

Auch Robert, der mir schon im Flugzeug diese Frage gestellt, aber nur eine ausweichende Antwort erhalten hatte, schaute mich neugierig an.

»In den letzten Wochen«, erklärte ich, »hat sich so gut wie alles verändert.«

Meine Scheu ersoff im Wein.

»Was früher Zweifel war, ist jetzt Gewissheit – und andersherum.«

»Und nun?«, fragte Robert.

»Nun gehe ich die Strecke dazwischen ab.«

Beide, Robert und Rosa, schauten vor sich auf den Tisch.

Rosa nickte, Robert schüttelte den Kopf. Dann wischte er mit einem Ärmel eine kleine Wasserlache vor sich auf, sah mich an und fragte: »Und welche Richtung hast du angepeilt?«

»Das wird sich erst zeigen«, entgegnete ich.

Rosa atmete ein, stockte und sagte: »Wenn etwas einmal entzwei ist – ich glaube nicht, dass …« Sie unterbrach sich selbst, sah vom Tisch auf und fragte: »Wird das gehen, mit euch zweien in dem einen Zimmer?«

Robert antwortete für uns beide: »Ja. Es wird ganz sicher gehen. Danke.«

Rosa führte uns ins obere Stockwerk und öffnete ein Zimmer, an dessen Fensterseite ein breites Doppelbett stand. Daneben, etwas abgerückt: ein Tisch mit zwei Stühlen, ein Kruzifix an der geweißten Wand und ein vergilbtes Poster, auf dem ein Weingut und zwei Flaschen Carménère abgelichtet waren.

Sie entschuldigte sich für das flackernde Licht im Badezimmer, legte noch zwei Handtücher auf das niedrige Waschbecken und wünschte, obwohl es draußen allmählich hell wurde, eine gute Nacht.

Ich zog mich im Badezimmer aus, legte meine Kleider zusammen, stieg in den Pyjama und putzte mir die Zähne.

Im Spiegel verfolgte ich meine Bewegungen. Dass sich mein Gesicht in den letzten Wochen so gar nicht verändert hatte, kam mir verkehrt vor. Eine markantere Nase vielleicht, ein schmalerer Mund, eine andere Stirn, egal was: Es hätte mir eingeleuchtet.

Als ich in unser Zimmer zurückkehrte, war Robert gerade im Begriff, sich ein T-Shirt überzustreifen. Er lächelte mich an – leicht beschämt, was mich beschämte –, weil er bemerkte, dass ich die Mühsamkeit seiner Bewegungen registrierte.

»Wenn du jetzt Mitleid oder sowas hast, lege ich dir eine von den abartigen Spinnen da oben aufs Kopfkissen.«

Ich schaute in die Zimmerecken. »Wenn du das machst, werfe ich deinen Laptop aus dem Fenster.«

»Dann wäre das ja mal geregelt.« Er knipste das Licht aus.

Etwas später, wir lagen reglos nebeneinander, fragte ich ihn: »Wollen wir heute so lange schlafen, wie wir können?«

»Gute Idee«, gab er zurück. »Aber ich habe auch noch eine Frage an dich. Diese Strecke dazwischen – was soll das eigentlich sein? Ich würde dir gern helfen, sie zu finden.«

»Hast du schon«, erwiderte ich.

Diesmal nahm er meine Hand in die seine.

Anfangs schlief ich hier draußen ganz unruhig. Die Geräusche waren so fremd. Und ich sah Füchse, überall.

Gleich in der ersten Nacht habe ich mir ein Zelt aus Ästen und Farn gebaut.

Inzwischen suche ich es selten auf.

Ich weiß nicht mehr, wovor es mich beschützen sollte.

5

Ich wachte davon auf, dass jemand vor dem Haus gegen eine Tonne trat. So jedenfalls hörte es sich an.

Ich setzte mich auf, drehte mich zum Fenster, schob den Vorhang beiseite und sah in einen schattigen Innenhof, in dem ein kleiner Junge mit einer Fahrradkette auf einen der Mülleimer eindrosch.

Rosa erschien auf der Bildfläche. Sie hielt dem Kind einen Teller mit Gebäck hin. Der Junge schob sich die Kekse in den Mund und zog ab. Rosa ging zurück ins Haus. Ein paar Minuten später hörte ich ihre Schritte im unteren Flur, dann das Öffnen und Zufallen der Eingangstür.

»Wie spät ist es?«, fragte Robert.

Ich schaltete mein Handy ein. »Kurz vor zwei«, antwortete ich.

»Was wollen wir heute machen?«, gähnte er. »Ich hätte Lust, mir die Stadt anzusehen.«

»Einverstanden. Ich möchte ein Ticket für den Überlandbus kaufen.«

»Okay«, sagte er und ging ins Bad.

In Rosas Küche roch es nach geschmortem Fleisch. Auf dem Esstisch lag ein Zettel: »Bin gegen 16 Uhr zurück. Nehmt euch, was ihr braucht. Rosa.«

Eine Weile lang standen wir unschlüssig nebeneinander. Im Kühlschrank fanden wir Butter und Konfitüre, auf der Anrichte Brot, Obst und eine Kanne mit Kaffee.

Wir schlenderten durch Vorstadtstraßen, fuhren Bus, spazierten durch Hochhausschluchten, aßen im Gehen eine Teigtasche und besorgten meine Busfahrkarte für den nächsten Tag.

Santiago rauschte an mir vorbei.

Ich nahm kaum mehr wahr als die Gespräche mit Robert, der die Gabe besaß, sich so selbstverständlich durch die fremde Stadt zu bewegen, als sei er hier heimisch.

Gelegentlich wiesen wir einander auf eine ungewöhnliche Architektur oder auf ein Geschäft mit einer besonderen Auslage hin. Wenn wir länger schwiegen, hob er schmunzelnd die Brauen, schob seine Hände etwas tiefer in die Taschen, und ich tat es ihm gleich.

In seinen Fragen über mich und Aaron fand ich dieselbe unaufgeregte Neugierde wieder, mit der er die uns entgegenkommenden Menschen betrachtete. Wenn ich ihn nach seiner Freundin Fanny befragte, antwortete er mir mit einer Unverstelltheit, die einen feinen dichten Bogen um sie beide spannte.

Von seiner Arbeit sprechend, änderte er seine Haltung, sodass ich ihn konzentriert wie anfangs im Flugzeug erlebte. Nach und nach fand ich heraus, dass Robert in seinem Fach eine ziemlich anerkannte Nummer war und seine Arbeitsstelle frei wählen konnte. Er verbarg nicht, dass er um seine Fähigkeiten wusste, aber er stellte sie auch nicht zur Schau.

Er ging damit genauso um wie mit seiner Behinderung.

Gegen neun Uhr abends kehrten wir zu unserer Pension zurück.

Die Haustür war nur angelehnt.

Rosa stand telefonierend im Flur. Sie begrüßte uns mit einem Wink und einem Augenrollen, das ihrem Gesprächspartner am anderen Ende der Leitung zu gelten schien. Mit einer ermunternden Geste wies sie uns an, in der Küche Platz zu nehmen, ging dann aber wieder in den Flur zurück.

Robert und ich setzten uns.

»Was wirst du morgen machen?«, fragte ich ihn.

»Ich werde noch einen Tag hierbleiben. Ich werde dich zum Bus begleiten und dann meine eigene Reise planen«, sagte er.

Er stand auf, nahm eine Flasche Wein und einen Korkenzieher von der Anrichte, ging in den Flur, um Rosas Genehmigung einzuholen, und kehrte mit einem Lächeln zurück.

»Ich glaube, sie spricht mit ihrem Schwager«, sagte er.

»Werden wir uns wiedersehen?«, fragte ich, während er uns einschenkte.

»Selbstredend. Und lass es mich bitte wissen, wenn du gefunden hast, wonach du suchst. Ich glaube, ich habe es jetzt verstanden.«

Ich formte meine Dankbarkeit zu einer Kugel und ließ sie über den Tisch rollen. Robert fing sie wortlos ein.

Rosa tauchte auf. Mit ihren Blicken sortierte sie die Anrichte. Dann setzte sie sich zu uns und fragte: »Wie war euer Tag?«

»Eigenartig«, entgegnete ich.

»Gut, fremd, vertraut«, setzte Robert nach.

Wir saßen noch lange zusammen und unterhielten uns. Rosa zeigte uns Fotos von ihrer Familie und lachte mit uns, weil fast alle Männer Javier und fast alle Frauen Olivia hießen.

In dieser Nacht schlief ich unruhig.

Gegen drei Uhr stand ich auf und stieg die Treppe zur Küche hinunter, um Rosa eine Notiz und einen Umschlag mit Geld zu hinterlegen.

Als ich mich wieder neben Robert legte, seufzte er. Auf kurze Stille folgte ein ängstlicher Wehlaut.

Er träumte einen quälenden Traum, also weckte ich ihn.

»Ist es schon sechs?«, fragte er.

»Nein, schlaf ruhig weiter.«

»Ich habe geträumt«, sagte er. »Ich konnte mich gar nicht mehr bewegen.«

Ich strich ihm über die Stirn, legte eine Hand auf seine Schulter und bemühte mich, so gleichmäßig wie möglich neben ihm zu atmen.

Als der Weckton meines Handys losging, hatte ich das Gefühl, eben erst eingeschlafen zu sein. Am liebsten wäre ich liegengeblieben und hätte den Tag vorbeistreichen lassen, doch Robert mahnte mich zur Eile: »Wir haben nicht viel Zeit. Schwing dich aus den Federn!«

Ich gehorchte.

Wie absurd das alles war.

Was zum Teufel hatte ich in Südamerika verloren? Matt wie ich mich fühlte, erschien mir mein Vorhaben (schon dieses Wort war ja die reinste Übertreibung) vollkommen irrwitzig. Allein Roberts Entschiedenheit trieb mich an.

Unten im Hausflur stand Rosa.

Sie gab mir eine Tüte mit Proviant.

»Viel Glück«, sagte sie und strich mir über die Wange.

Auf dem Weg zur Busstation zog ich mein Herz an einer fransigen Schnur über den Bürgersteig.

Mein Gepäck war so leicht, dass ich es in den Bus mitnehmen durfte.

An der Station standen Robert und ich noch eine Weile bedrückt beieinander. Ich vermisste ihn schon jetzt und tröstete mich mit der Aussicht, ihn spätestens im September in Deutschland wiederzusehen. Er versicherte mir, dass er mir in der Zwischenzeit mailen würde.

Als ich in den Bus einstieg, stand er auf dem Trottoir und schob die Hände in die Hosentaschen. Ich sah ihn durchs Fenster. Trotz seiner blonden Haare fiel er unter den Chilenen nicht auf. Ich verstand nicht, wie er das machte, und bewunderte ihn noch einmal für seine Fähigkeit, überall zu Hause zu sein.

Dann fuhren wir ab.

6

Zwölf Stunden Fahrt bis Copiapó.

Ich wusste so gut wie nichts über diesen Ort. Nur, dass er am Rand der Atacamawüste lag und dass ich von dort aus einen Weg in die Dünen und an die Küste finden würde.

Meine Mitreisenden waren offenbar ebenso müde wie ich und verhielten sich ruhig. Nur ein australisches Pärchen im Fond machte durch einen kurzen Disput auf sich aufmerksam: Sie hatte die Digitalkamera im Hotel liegenlassen und fühlte sich schuldig. Da es ihr nicht gelang, sein Herz durch Reue zu erweichen, wurde ihre flüsternde Mädchenstimme allmählich giftig.

Nun befand er sich in der Verteidigungsposition.

Der Kampf endete mit einem Unentschieden.

»Weiber«, stöhnte der Mann neben mir.

Ich schaute ihn an, doch er saß mit geschlossenen Augen und verschränkten Armen in seinem zurückgeschraubten Sitz und zeigte sich nicht im Geringsten an meiner Meinung interessiert.

Er roch nach feuchter Matratze, hatte ungepflegtes schulterlanges Haar, eine dunkle ölige Haut, schmutzige Fingernägel und trug einen Flanellanzug, der nur an wenigen Stellen seine ursprüngliche Farbe preisgab. An seinem rechten Ringfinger glänzte ein in Gold gefasster Onyx.

Ich schätzte ihn auf Ende vierzig.

Neben ihm, am Fenster, lehnte eine Krücke.

»Sprechen Sie mit mir?«, gab ich in einem möglichst harmlosen Tonfall zurück.

Ich spürte, wie sich meine Arme anspannten. Ich wünschte uns beiden, dass seine Reaktion nicht allzu dumm ausfallen würde.

Er drehte den Kopf, öffnete anderthalb Augen, musterte mich und begab sich wieder in seine Ursprungshaltung. Nur daran, dass er sich ausgiebig an einem Ellenbogen kratzte, konnte ich ablesen, dass irgendwie Bewegung in ihn kam.

Er antwortete mit einem knappen »Nein«. Und nach einer Weile weiteren Gekratzes:

»Merce.«

Ich nannte ihm meinen Namen.

Danach sprachen wir mehrere Stunden lang nicht mehr miteinander.

Ich dachte an Aaron, ich dachte an Robert und Rosa. Ich vermisste sie alle drei, jeden von ihnen auf eine andere Weise.

Ich sah aus dem Fenster und in mich hinein. Kein großer Unterschied: Das Karge und das Satte, das Lichtbeschienene und Düstere, die Ebenen und Erhebungen, das Schnelle und das Langsame wechselten einander in mehr oder weniger harschen Brüchen ab.

Es hätte auch Flüge nach Copiapó gegeben, aber für diese Strecke kam Fliegen nicht in Frage.

Auf einem Bushof in Coquimbo hatten wir Gelegenheit, uns für ein paar Minuten die Füße zu vertreten.

Ich wartete, bis sich die hinteren Reihen geleert und an mir vorbeigeschoben hatten. Mein Sitznachbar schlief. Ich überlegte, ob ich ihn wecken und auf unseren Halt aufmerksam machen sollte. Nach einem Blick auf seine Krücke unterließ ich es.

Am Ausstieg schaute ich kurz zurück und sah, wie er plötzlich aufsprang, prüfend – wie im Reflex – seine Jackett-Taschen abklopfte und uns schnellen Schrittes folgte. Kurz vor der Bustür drehte er um, kehrte zu seinem Sitz zurück, griff sich die Krücke und folgte erneut. Jetzt humpelte er.

Neben ihm auf dem Busplatz stehend, sprach ich ihn an: »Das mit der Krücke – ich habe es gesehen.«

Er wandte sich um eine Achteldrehung von mir ab, wippte vor und zurück und kratzte sich dann mit der Rechten am Kopf, wobei er die Krücke mit anhob.

»Ich habe sie kurzfristig vergessen.«

»Wissen Sie, Merce«, sagte ich nach einer Weile, »nicht, dass es mich etwas anginge, aber Sie benehmen sich komisch.«

»Und Sie sehen nicht so aus, als würden Sie je komische Dinge tun.«

»Nicht gut genug hingeschaut«, erwiderte ich.

Wir stiegen wieder in den Bus. Gelegentlich bemerkte ich aus dem Augenwinkel, wie mein sonderbarer Nachbar mich verstohlen betrachtete.

Dass er sich irgendwie für überlegen hielt, provozierte mich.

Zunächst erwog ich, in eine der inzwischen freien Reihen hinter uns zu wechseln, aber dann entschied ich, das Feld nicht zu räumen.

Ich streckte mich in meinem Sitz und fragte: »Warum reisen Sie nach Copiapó?«

»Ich lebe dort.«

Seine Antwort überraschte mich ebenso wie der freundliche Tonfall, in dem er sie gab.

»Und was haben Sie in Santiago gemacht?«

Er spielte mit dem Griff seiner Krücke, lehnte sie dann jedoch mit einer entschlossenen Geste wieder ans Fenster. »Ich musste eine Weile lang weg. Probleme mit den Behörden und meinen Papieren. Nebenbei ist Copiapó klein genug, damit jeder jeden zu kennen glaubt. Wenn man sich zu lange dort aufhält, wird man zwangsläufig zu dem, den die anderen in einem sehen.«

Er kratzte sich am Hals. »Und Sie? Ferien?«

Seine Offenheit stimmte mich milde. Dennoch gab es keinen Anlass, ihn in meine Pläne einzuweihen.

»Ja. Kennen Sie ein einfaches Hotel, das Sie mir empfehlen können?« – »Im Übrigen: Trifft das, was Sie beschreiben, nicht auf jeden Ort zu?«

Merce zuckte mit den Schultern. »Kann sein.«

Er sah aus dem Fenster.

»Wegen dem Hotel … Es liegt eines auf meinem Weg. Ich zeige es Ihnen.«

Mein Unmut über ihn wich allmählich der Neugierde.

»Kann es nicht sein«, schlug ich vor, »dass wir – wenn nicht genau, so doch viel mehr als uns eigentlich lieb ist – die sind, für die uns die anderen halten? Was wir tun und sagen, wie wir sprechen, uns bewegen und Entscheidungen treffen. – All das formt doch ein Bild, das Aufschluss gibt?«

»Einen Dreck gibt es!« Sein Gesicht bekam etwas Unerbittliches. »Unser Sein erleidet einen kläglichen Abfluss ins Tun. Weil wir von der verdammten ersten Sekunde an zwischen zwei unterschiedlich starken Magneten sitzen: Glück und Verzweiflung. Jeder versucht, das eine zu erreichen und dem anderen zu entkommen. Und was ergibt die ganze Übung? – Eine ständige Verrenkung! Nein. Niemand ist mit sich identisch.«

Die Vehemenz, mit der Merce unser Thema und mich anging, tat mir wohl. Und was er sagte, kam mir merkwürdig vertraut vor …

Wie ich ansetzte, ihm etwas zu entgegnen, tauchte das australische Mädchen neben uns auf. Sie verzog den Mund zu einem süßlichen Lächeln, wackelte herausfordernd mit dem Kopf und fuhr Merce spitz an: »Darf ich Sie bitten, etwas leiser zu sprechen? Mein Freund und ich versuchen gerade, zu schlafen.«

Mein Nachbar richtete sich auf, sah ihr direkt ins Gesicht und sagte trocken: »Halts Maul, Schnepfe.«

Auch dieser Satz, ruhig und deutlich ausgesprochen, gefiel mir. Dennoch vermied ich, um mich weder mit ihm noch mit ihr zu solidarisieren, jeden Blickkontakt.

Das Mädchen stand einen Moment lang wie angewurzelt im Gang, tippelte dann ein paar Schritte vor und zurück – offenbar unschlüssig, ob sie sich beim Fahrer oder bei ihrem Freund beschweren sollte – und brachte sich schließlich wieder neben uns in Position.

»Auch Sie verkommenes Subjekt«, fauchte sie Merce in einem Tonfall an, der ihren Stolz auf die gewählte Formulierung nicht verbarg, »haben sich an die Regeln der Gemeinschaft zu halten!«

Ich musste lachen. »Bitte beruhigen Sie sich doch«, lenkte ich ein. »Wir werden uns bemühen, etwas leiser zu sprechen.«

»Einen Scheiß werden wir!«, fuhr Merce dazwischen.

Ich schaute zu ihm herüber und verstand.

»Ja. Stimmt«, hörte ich mich sagen, während ich mich wieder dem Mädchen zuwandte. »Einen Scheiß werden wir.«

7

Tatsache war, dass Merce und ich bis zu unserer Ankunft in Copiapó gar nicht mehr miteinander sprachen. Nachdem das Mädchen abgezogen war, wechselten er und ich nur einen kurzen Blick, in dem wir unser beiderseitiges Erstaunen über meine Antwort teilten.

Ich schloss die Augen und sah unseren Gedanken dabei zu, wie sie auf derselben Kreisbahn Rollschuh liefen. Schnell, zunächst. Nach ein paar Runden entschleunigten sie sich und fuhren auseinander.

Ich verließ die Bahn und fiel in eine Schlucht aus grobkantigen Steinen und weiten Tönen. Jazz oder so.

Ich träumte.

Ich blickte an mir herunter und folgte dem Verlauf einer Narbe, die meinen Oberkörper senkrecht teilte und nur mit groben Stichen zusammengehalten wurde.

Auf einem OP-Tisch vor mir lag mein Herz. Es wirkte geschwollen, ungesund und finster. Neben mir stand ein Chirurg, der mir in nüchternen Worten erörterte, welche Eingriffe er vornehmen würde, um es wieder funktionstüchtig zu machen.

Ich betrachtete das schwartige Ding auf dem Tisch.

Als ich einen Teil davon anhob, biss es mich fest in die Hand.

In Copiapó stellte ich fest, dass Merce mich als seine Schutzbefohlene betrachtete. Während der folgenden Tage begleitete er mich überall hin. Nur nachmittags zog er sich für wenige Stunden zurück.

Zunächst nahm ich an, dass er irgendeiner Hilfsarbeit nachzugehen hätte, doch ich irrte. Auf einem meiner Streifzüge durch das Umland sah ich ihn zufällig: Er trug eine zusammengerollte Luftmatratze mit sich und humpelte auf die Uferböschung des Rio Copiapó zu. Mit seiner Krücke stocherte er im Gebüsch, offenkundig auf der Suche nach irgendetwas. Schließlich zog er einen Blasebalg daraus hervor, verband ihn mit der vor ihm auf dem Boden liegenden Matratze und setzte zu einer regelmäßigen Pumpbewegung an.

Etwas später sah ich ihm dabei zu, wie er den Blasebalg ins Gestrüpp zurückwarf, die Matratze umständlich aufs Wasser bugsierte, sich in seinem Anzug darauflegte und mit seinem Gehstock vom Ufer abstieß. Dann, eine lange Weile, trieb er auf dem Fluss. Als er die nächste Biegung erreichte, verlor ich ihn aus dem Blickfeld.

Die Frage, ob ich Merce mochte, war anfangs nicht eindeutig zu beantworten.

Seit unserer Ankunft ließ mein Begleiter kaum eine Gelegenheit aus, Missmut und Streit zu provozieren, auch wenn er mich dabei verschonte. Sein Gezänk aber hatte mich schon mehrfach in unangenehme Situationen gebracht und unter anderem dazu geführt, dass ich mein erstes Hotelzimmer nach nur zwei Übernachtungen freiwillig räumte, weil Merce den Wirt wegen einer Kleinigkeit, die ihn zudem gar nichts anging, bedroht hatte. Auch im zweiten Hotel hockte er, wann immer ich mein Zimmer verließ und die Lobby betrat, in einem Sessel und bedachte jeden, der passierte, mit einer abfälligen Bemerkung.

Nach dem Zwischenfall im Hotel nahm ich mir vor, Merce eine Lektion in Sachen Höflichkeit zu erteilen. Jetzt, im Rückblick, kommt mir dieses Vorhaben nicht nur aussichtslos, sondern auch reichlich vermessen vor.

Damals aber (»damals«, eigentlich lächerlich – es ist kaum ein Vierteljahr her) verstand ich noch nicht, dass seine Angriffslust der einzige Weg für ihn war, den Kontakt zu anderen Menschen herzustellen und sich gleichzeitig seiner Einsamkeit in der Welt zu versichern. Diese Einsamkeit galt es mit allen Mitteln zu verteidigen, denn über die Jahre hatte sie sich als das Einzige erwiesen, das Merce an sich zuverlässig wiedererkannte. Im Nachhinein rührt mich, dass er mir gegenüber eine Ausnahme machte.

Seinen schlimmsten Anfall hatte Merce in einem Supermarkt.

Wir standen in der Kassenschlange. Mit einem Fuß schob ich einen Sechserpack Wasserflaschen vor mir her. Hinter uns wartete eine alte Frau mit einem Gehwagen. Jedesmal, wenn sich die Schlange um ein paar Zentimeter nach vorne bewegte, rückte sie mit ihrem Wagen etwas zu weit nach, mir in die Fersen.

Ich drehte mich zu ihr um und bat sie höflich, etwas Abstand zu halten. Sie entschuldigte sich, doch Merce flippte aus.

»Spasmaten!«, krakeelte er. »Immer schön blöd und blind ab durch die Mitte! Wenn du nicht vernünftig laufen kannst, bleib zu Hause!« Er fuchtelte mit seiner Krücke vor dem entsetzten Gesicht der Frau herum, bis ich ihm das Ding aus der Hand riss und ihn anherrschte, ruhig zu sein.

»Was denkst du dir eigentlich?«, zischte ich. »Soweit ich weiß, bist du selbst nicht ganz auf der Höhe.«

Sein Blick glich dem eines beleidigten Kindes, doch dann lachte er mich höhnisch an, entwand mir seinen Stock und schlug ihn auf den Boden. »Ach, das ist dir aufgefallen? Da bin ich aber froh! Dann wirst du sicher auch bemerkt haben, dass ich damit niemandem im Weg stehe!«

»Doch. Mir!«, schrie ich zurück, zahlte und stürzte zum Ausgang.

Merce. Ich war entschlossen, mich fortan von ihm fernzuhalten.

Er humpelte hinter mir her, bis wir mein Hotel erreichten. »Lass mich in Ruhe!«, blaffte ich. »Hau ab! Verschwinde!«

In meinem Zimmer verriegelte ich die Tür, setzte mich aufs Bett, stand wieder auf, ging umher, setzte mich erneut. Ich war fassungslos. Was mich aber am meisten beunruhigte, war der leise Verdacht, dass es zwischen Merce und mir gewisse Ähnlichkeiten gab.

Ich öffnete das Fenster und sah hinaus. Merce stand noch vor dem Hotel.

Es dämmerte bereits. Er schaute zu mir hoch und sah, dass ich ihn sah. Eine Weile lang verharrten wir in gegenseitiger Beobachtung.

Dann bückte er sich, legte, mich weiterhin fixierend, die Krücke beiseite – und lief los. Er umrundete den menschenleeren Platz mit immer weiter ausholenden Schritten. Seine Bewegungen wurden mit jedem Satz geschmeidiger. Der riesige Pfefferbaum in der Mitte des Platzes versperrte mir kurzfristig die Sicht, doch dann sah ich ihn wieder: Nach einer Umrundung berührte er kaum mehr den Boden.

Ich sah alles wie in Zeitlupe.

Nach der dritten Runde landete er bei seiner Krücke, hob sie auf und humpelte, ohne mich eines weiteren Blickes zu würdigen, in die nächste Gasse.

Erst als sich die Laternen auf dem Platz einschalteten und alles in Theaterlicht tauchten, fand ich wieder zu mir.

Der einzige Ort, an dem Merce keinen Ärger verursachte, war eine Bar an der Plaza Prat. Jeden Abend um Punkt 22 Uhr steuerte er den kleinen holzgetäfelten Raum mit den immer gleichen Statisten an. Er hatte sie mir als seine Freunde vorgestellt, doch mein Eindruck war eher, dass sie ihn duldeten, wie man anstrengende Verwandte duldet.

Dort musste ich hin.

Er saß auf einem Hocker am Tresen und wippte im Takt der Musik, die aus zwei Lautsprechern an der Decke dröhnte.

»Merce«, sprach ich ihn an. Er reagierte nicht.

»Merce«, wiederholte ich fester.

»Was gibt's denn?«, fragte er, als sei nichts gewesen. »Setz dich. Bestell dir was. Willst du einen Pisco?«

»Merce. Bitte rede mit mir. Was ist da eben passiert?«

»Was denn?«

»Du bist …«, ich kam mir lächerlich vor und suchte nach den richtigen Worten. »Du bist so etwas ähnliches wie geflogen«, sagte ich.

Merce lachte auf und drehte sich zu mir. »Geflogen?«

Sein Erstaunen wirkte nicht gespielt.

»Du brauchst wirklich Ferien«, sagte er und legte eine Hand um meinen Nacken.

Ich schlingerte in einen Kuss, der nach Alkohol schmeckte, bitter und abgestanden.

Ich nahm etwas Abstand.

An diesem Abend betranken wir uns, als wäre jedes Glas ein Tritt gegen die Saloontür zur Freiheit. Sie schwang auf und fiel wieder zu, schwang auf und fiel zu, schwang auf und fiel zu.

Merce zeigte sich von seiner liebenswürdigen Seite. Er erwies sich, wenn er wollte, als ziemlich gebildet.

Als wir uns vor der Bar voneinander verabschiedeten, fragte ich ihn: »Wo wohnst du eigentlich?«

»Ich habe eine Matratze, die das entscheidet.«

Ich stolperte in mein Hotel und schlief bis zum Mittag.

Seit einer Woche sieht mein Handgelenk wieder normal aus, nur manchmal, wenn ich Kraft einsetzen muss, sticht mir ein brennender Schmerz ins Mark.

Das wird sicher wieder.

Das wird schon.

8

Als ich am nächsten Tag aufwachte, sang mein Schädel ein Lied vom Untergang.

Inzwischen war ich seit fünf Tagen in Copiapó – und meinem eigentlichen Reiseziel noch um keinen Meter nähergekommen. Ich zwang meinen Körper in die Senkrechte, ließ mir eine Kanne Kaffee aufs Zimmer bringen, schob mich in die Dusche und verweilte unter dünnen Wasserstrahlen, bis sich der Nebel in meinem Kopf senkte.

Ein Plan musste her.

Als Erstes wollte ich ein Internetcafé aufsuchen.

Ich hoffte auf eine Nachricht von Aaron, eigentlich mehr noch auf eine von Robert, und auf einen kurzen Zwischenbericht meiner Kolleginnen.

Wie an den Tagen zuvor erwartete mich Merce auch diesmal wieder in der Lobby. Er sah nicht annähernd so angegriffen aus wie ich, trug aber erstmals – die fortgeschrittene Mittagszeit wohl einberechnend – schon seine zusammengerollte Luftmatratze mit sich.

»Können wir bitte irgendwohin, wo ich ins Internet komme?«, fragte ich ihn.

»Jap. Unicampus«, antwortete er und stand auf.

»Du siehst aus wie ein irischer Wolfshund«, stellte er auf der Straße fest.

Ich strich mir ordnend übers Haar und sagte aus Verlegenheit: »Welche Frau hört das nicht gern?«

»Es sind nicht deine Haare«, entgegnete er. »Allmählich wird mir klar, mit wem ich es zu tun habe.«

»So?«, gab ich zurück und griff mir seine Krücke. »Ich wünschte, ich könnte dasselbe behaupten.« Er strahlte.

Auf dem Weg zum Campus sprachen Merce und ich kaum miteinander. Es war sonnig, aber kühl, und so schloss ich den Reißverschluss meiner Jacke bis zum Kinn und lief mit hochgezogenen Schultern.

Copiapó war eine leuchtende Stadt, blühend und klar. Der Rio versorgte das Tal mit genügend Wasser, um es in frisches Grün zu tauchen und den Winzern eine ertragreiche Ernte in Aussicht zu stellen.

Während wir durch die Straßen und über die Märkte schlenderten, entspannten sich meine Schultern allmählich. Ich versuchte, gelassen wie Robert zu sein.

Ein Hund folgte uns.

Merce unternahm mehrfach den Anlauf, ihn mit seinem Stock zu vertreiben, aber das Tier blieb uns hartnäckig auf der Spur, was wohl auch daran lag, dass ich mich hin und wieder nach ihm umdrehte.

Tiere sind mir immer lieb gewesen. Ich habe schon oft die Erfahrung gemacht, dass streunende Menschen und streunende Tiere zielstrebig auf mich zusteuern. Irgendetwas an mir scheint zu signalisieren, dass ich ein Zuhause bieten kann. Auch wenn ich es besser weiß, berührt mich dieses Zutrauen.

Dass Merce die Anwesenheit des Hundes abwehrte, legte ich ihm als ein Zeichen von Eifersucht aus. Er schien sich wiederzuerkennen, wie er ungepflegt und struppig mit mir lief und darauf hoffte, irgendwo anzukommen.

Inzwischen halte ich für denkbar, dass es sich umgekehrt verhielt. Dass ich es war, die struppig mit ihm lief und hoffte, irgendwo anzukommen.

Auf dem Unicampus lotste Merce mich in einen Copyshop, in dessen zweitem Stock einige Internetplätze eingerichtet waren.

Bevor ich die schmale Treppe nach oben stieg, fragte ich ihn, was er in der Zwischenzeit tun wolle.

»Ach, ich …«, er kratzte sich mit dem Knauf seiner Krücke am Arm und legte seine Matratzenrolle auf einen der Tische, »ich hab hier auch was zu erledigen.«

»Gut«, antwortete ich. »Dann bis später.«

Irgendwie ahnte ich schon, dass etwas im Busch war, aber ich schob meine Bedenken beiseite, setzte mich an den mir zugewiesenen Platz und loggte mich ein.

Aaron hatte nicht geschrieben. Der Faden zwischen uns wurde dünner. Ich gab ihm nur ein unbeholfenes Lebenszeichen.

Zwischen schnell zu beantwortenden Fragen meiner Kolleginnen, zahlreichen Spams und Newslettern fand ich eine Nachricht von Robert. Sie war erst einen Tag alt. Er schrieb:

»Inzwischen bin ich wieder in Bogotá. Ich dachte ohnehin ständig an meine Arbeit, und ohne dich wars plötzlich langweilig, nur so herumzulaufen.

Nachdem du abgereist warst, habe ich noch einen Tag mit Rosa und Javier auf dem Weingut seines Vaters verbracht. Am nächsten Tag fuhr mich Javier zum Flughafen. Beim Abschied sagte er, wir beide seien im Haus seiner Tante und auf dem Gut seines Vaters immer willkommen. Kein schlechtes Pfand.

Im Augenblick sitze ich in der Bibliothek des Anthropologischen Instituts und warte auf einen Kollegen, der mit mir zu unserer Grabungsstätte fahren wird. Matías. Fanny und ich haben ihn letztes Jahr auf einem Kongress in Bonn kennengelernt. Ein wirklich netter Kerl. Er ist Spezialist für Chibcha-Sprachen (was für unser Projekt wichtig ist). Und er liebt Heavy Metal.

Hör mal: Tu mir den Gefallen und pass in der Wüste auf dich auf, ja?

Such dir jemanden, der sich wirklich dort auskennt.

Und schreib mal.

Du fehlst mir.

Robert«

Ich antwortete mit einem launigen Bericht über die Ereignisse der letzten Tage, erwähnte Merce jedoch nur beiläufig. Meine Nachricht versprühte einen Optimismus, den ich selbst nicht empfand. Kurz bevor ich sie abschicken konnte, hörte ich einen Schrei.

Ich verließ meinen Platz, lief zur Treppe und sah nach unten: Merce stand eingekeilt zwischen zwei Carabineros.

Ich begriff nur langsam, worum es ging: Merce hatte unseren Besuch im Copyshop genutzt, um einen Invalidenausweis für sich zu fälschen.

Der Shopinhaber hatte ihn dabei beobachtet, wie er aus einem Ausweis das Foto eines anderen Mannes herauslöste und durch ein eigenes Passbild ersetzte. Als zwei Polizisten den Laden passierten, holte der Inhaber sie kurzerhand dazu. Nun stand er aufgeregt vor ihnen und pumpte seine Brust auf wie jemand, der beflissen eine Bürgerpflicht erfüllt.

Die beiden Polizisten blieben ruhig. Einer von ihnen wies Merce an, sich an den Tisch zu setzen und seine Papiere vorzulegen. Bereitwillig lehnte er seine Krücke gegen die Tischkante und ließ sich, nur mühevoll ein Stöhnen unterdrückend, auf den Stuhl fallen. Seine Vorstellung war beeindruckend. Auch sein Ausweis schien glaubwürdig. Er hatte ganze Arbeit geleistet.

Jetzt war es an mir, der Inszenierung zu einem würdigen Ende zu verhelfen.

»Bitte entschuldigen Sie«, sagte ich. Noch während sich die Polizisten zu mir drehten, sah ich, wie Merce etwas im Maul des neben ihm kauernden Hundes verschwinden ließ.

»Dieser Mann ist mein Fremdenführer, und ich kann Ihnen versichern, dass er schwer behindert ist.«

Merce sah mich erschrocken an.

»Es gibt nicht den geringsten Grund«, fuhr ich fort, »seine Versehrtheit in Zweifel zu ziehen.«

Die Brust des Shopinhabers fiel in sich zusammen.

»Woher kennen Sie beide sich?«, wollte einer der Polizisten wissen und grinste mich an.
»Er wurde mir von einem Freund aus Deutschland empfohlen«, erwiderte ich irritiert. »Ein Anthropologe.« Ich nannte Roberts Namen.
»Würden Sie uns bitte Ihren Pass zeigen«, bat jetzt der andere. Auch er schien ein Lachen unterdrücken zu müssen.
»Selbstverständlich«, sagte ich und zog meine Brieftasche hervor.

Der Hund spuckte das Foto wieder aus, leckte daran und legte eine Pfote darauf.

»Ich habe nichts verbrochen!«, beteuerte Merce, während die beiden Polizisten meinen Ausweis studierten.
»Ich bürge für ihn«, sagte ich mit Bestimmtheit.
Mir wurde flau.

9

Nachdem die beiden Carabineros wieder abgezogen waren, verließen auch Merce, der Hund und ich den Laden. Auf der Straße stehend, versuchte Merce ein dankbares Lächeln.

»Machs gut«, sagte ich.

»Wir könnten …«, begann er.

Ich schüttelte den Kopf.

Er sah mich an, drehte sich zögernd um, vollführte eine weitere Schraube und stiefelte schließlich humpelnd davon. Der Hund folgte ihm.

Auf dem Weg zum Hotel setzte ich mich in ein Straßencafé, zog meine Landkarte aus der Tasche und studierte den nördlichen Verlauf der Ruta 05. Von Copiapó aus führte sie an der Küste entlang, vorbei an Caldera, und wand sich dann wieder landeinwärts. Etwa 70 Kilometer östlich von Taltal würde ich die Ruta verlassen, ein gutes Stück weiter in die Wüste fahren – und dann in einer Diagonalen Richtung Nordwesten laufen, bis ich wieder zur Straße gelangte. Eine Strecke von 60 Kilometern musste in drei Tagen zu schaffen sein.

Zurück im Hotel bat ich den Concierge, mir einen zuverlässigen Fahrer zu empfehlen. Ich skizzierte ihm die Strecke und mein Vorhaben. Während er eine Schublade öffnete und darin kramte, sagte er: »Sie können nicht alleine durch die Wüste laufen. Sie brauchen jemanden, der Sie führt.«

Ich reagierte nicht.

»Alleine ist das nicht zu machen.«

Ich reagierte nicht.

Er sichtete einige Prospekte und überreichte mir schließlich ein Faltblatt, auf dem ein braungebranntes Paar abgelichtet war, das sowohl Touren in die Weinberge als auch in die Wüste anbot. Das Programm war in spanischer und deutscher Sprache verfasst.

»Die zwei«, informierte mich der Concierge, »sind vor ein paar Jahren hierher ausgewandert. Es sind verlässliche Leute.«

Ich bedankte mich, nahm das Faltblatt mit in mein Zimmer und las.

Desierto y Vino bot verschiedene Ausflugspakete an, alle waren auf die Teilnahme von mindestens vier Personen ausgerichtet. Dennoch wollte ich einen Versuch unternehmen.

Ich wählte die auf dem Prospekt angegebene Telefonnummer und betrachtete, während es klingelte, das Foto der beiden. Sie lehnten lässig an einem gigantischen Jeep. Beide trugen Jeans und bunte Shirts, beide lachten und blickten direkt in die Kamera. Sie wirkten sportlich, selbstbewusst und alterslos.

Die Frau trug einen dunklen Pferdeschwanz. Ihr Gesicht war schmal und klar geschnitten. Der Mann überragte sie um eine Kopflänge. Alles an ihm vermittelte Verlässlichkeit und Ausdauer. Bilder von ausgezehrten Marathonläufern huschten mir durch den Kopf. Sein blonder Schopf leuchtete in der Mittagssonne, seine Arme waren sehnig und stark geädert.

»Buenos días. Desierto y Vino«, meldete sich eine Frauenstimme.

»Hallo«, sagte ich und stellte mich vor.

»Ich bin Laura«, antwortete sie. »Was kann ich für Sie tun?«

»Könnten wir das persönlich besprechen?«, bat ich. »Ich möchte ein paar Tage lang allein durch die Wüste gehen. Ungefähr 60 Kilometer. Ich suche jemanden, der mit mir die Vorbereitungen trifft.«

Sie schwieg einen Moment.

»Sie wissen, dass das keine gute Idee ist?«

»Ich weiß.«

»Lassen Sie uns das gemeinsam mit meinem Mann besprechen«, sagte sie dann. »Er ist gegen 18 Uhr zurück.«

»Ich komme zu Ihnen.«

Wir verabschiedeten uns und legten auf.

Ich suchte auf meinem Stadtplan nach der Adresse.

Punkt 18 Uhr stand ich vor einem weiß lackierten Gatter. Dahinter lagen ein sandfarbenes Haus, ein Geräteschuppen und ein selbstgezimmerter Carport, in dem drei unterschiedlich große Jeeps parkten.

Auf dem Platz vor dem Haus spielten zwei Hunde. Sie liefen auf mich zu.

Ich öffnete das Tor, ließ die Hunde an mir hochspringen und steuerte auf das Haus zu. An dessen rechter Seite gab es einen niedrigen Anbau, in dem ich das Büro vermutete. Der Eingang lag um die Ecke.

Durch die gläserne Tür sah ich Laura und ihren Mann. Beide beugten sich über eine auf dem Schreibtisch ausgebreitete Landkarte.

Ich klopfte.

Beide richteten sich gleichzeitig auf und winkten mich herein.

Beide hatten einen festen Händedruck. Lauras Hand fühlte sich an wie meine eigene.

Das Büro war karg eingerichtet. An den Wänden hingen hinter rahmenlosen Gläsern collagierte Fotos von Reisenden, die entweder einen Arm um Laura oder einen Arm um Nik oder beide Arme um die beiden gelegt hatten und glücklich aus ihrer Trekkingausrüstung in die Kamera strahlten.

An der Wandseite neben dem Schreibtisch stand ein Regal mit Ordnern, dahinter eine kleine Sitzecke mit vier in die Jahre gekommenen Sesseln und einem niedrigen Tisch, auf dem verschiedene Prospekte lagen.

Nik bat mich, dort Platz zu nehmen, und bot sich an, Eistee für uns drei zu holen.

»Nein, lass nur«, sagte Laura, während sie auf die Tür zusteuerte. »Fangt bitte schon an, ich bin gleich wieder da.«

Nik ließ sich auf dem Sessel mir gegenüber nieder. Seine Bewegungen waren sicher und ruhig.

»Darf ich dich fragen, wie du auf uns gekommen bist?«, fragte er.

Ich berichtete ihm von der Empfehlung des Concierge.

»Schön«, sagte Nik. »Die Anmeldungen übers Internet …«, er deutete beiläufig auf den Computer auf seinem Schreibtisch – der Bildschirmschoner zeigte eine

Folge von einander überblendenden Wüstenbildern – »… da weißt du nie, wer die Leute wirklich sind. Das zeigt sich erst auf den Touren.«

Er hielt einen Moment inne und sah mich aufmerksam an. »Laura hat mir kurz erzählt, worum es geht. Von wo nach wo willst du laufen?«

Laura erschien in der Tür und brachte ein Tablett mit drei Gläsern. In hellgrüner Flüssigkeit schwammen Kräuter und Eiswürfel.

Ich erörterte den beiden, was mir vorschwebte. Sie hörten mir zu, bis ich zu Ende geredet hatte.

Dann ergriff Laura das Wort: »Warum willst du das? Alleine durch die Wüste laufen? «

»Ich muss nachdenken«, antwortete ich der Einfachheit halber und hoffte, dass die zwei es dabei bewenden lassen würden.

»Was machst du, wenn du nicht auf Reisen bist?«, fragte Nik.

Ich berichtete von Wandgemälden, Deckenfriesen, Skulpturen und Farbproben, von Gerüsten, auf denen man nur im Liegen arbeiten kann, von Stukkateuren und anderen Gewerken.

Sie warfen einander einen kurzen Blick zu. Ich wusste, dass sie sich einig waren.

»Du brauchst eine exakt festgelegte Route, du brauchst GPS, ein Satellitentelefon und mehrere Wassersäcke«, erklärte Nik. »Wir stellen dir zusammen, was nötig ist. Wir bringen dich hin, und wir holen dich ab. Du klingelst einmal täglich zu einer festen Zeit durch. Der Rest liegt bei dir.«

Wir verabredeten uns für den nächsten Tag und vereinbarten, dass meine Reise schon am übernächsten losgehen könnte.

Als Jugendliche habe ich den Versuch unternommen, mir selbst einen Brief zu schreiben. Er sollte sich an die richten, die ich zwei Jahrzehnte später wäre. Unzählige Male legte ich ein leeres Blatt Papier vor mich hin und setzte an, scheiterte aber schon bei der Anrede.

Ich hatte mir von den Tagen und Nächten in der nur von mir genutzten Werkstatt beim Haus meiner Eltern berichten wollen. Von den Tagen und Nächten, in denen ich an einem mich um einen halben Meter überragenden Block aus Ytong arbeitete. Ich hatte meinem späteren Ich die Frage stellen wollen, ob es sich ebenfalls für handwerkliche Arbeit interessierte. Ich hatte ihm mein Vorhaben schildern wollen, ein Porträt von uns beiden in einer Person anzufertigen.

Mein Brief sollte auch beinhalten, welche Bücher ich gern las, und er sollte fragen, ob ich sie noch immer mochte. Warum – und warum nicht. Ich wollte meinem späteren Ich eine Liste meiner Lieblingslieder beifügen, doch ich fand nicht einmal die Worte, um mich vorzustellen.

Je öfter ich vor einem leeren Bogen saß und um eine angemessene Anrede rang, je häufiger ich verzagte, desto wütender wurde ich auf die Person, der alles galt. Ich unterstellte ihr alles Mögliche, unter anderem verdächtigte ich sie der Mittelmäßigkeit und Willfährigkeit.

Nur vor dem Betonblock kehrte die Neugier zurück.

Ich meißelte mit großer Vorsicht, tastete mich Zentimeter um Zentimeter durch den porösen Stein in das vor, was Gegenwart und Zukunft miteinander verbinden könnte.

Irgendwann erkannte ich schemenhaft eine stehende Figur.

Sie war nur wenig größer als ich.

Ihre linke Hand ruhte auf dem in Schrittstellung nach vorn geschobenen Oberschenkel. Mit der Rechten griff sie sich an die Hüfte, als wollte sie eine Waffe ziehen. Ihre Haltung, ihre Arme, ihr Oberkörper und der leicht gereckte Nacken waren gespannt.

Wieder und wieder, den Meißel in der Hand, umkreiste ich sie.

Wieder und wieder setzte ich mich an den Schreibtisch und versuchte, die richtigen Worte zu finden.

Aber nein. Wir hatten uns nichts zu sagen, so wie ich auch meinen Eltern und allen anderen nichts zu sagen hatte.

Ich stellte fest, dass am untersten Grund meines Nachdenkens Totenstille herrscht.

Dort beschloss ich mich einzurichten.

Ich trug ein paar Bücher hinein, spannte mein Laken und legte mich hin.

Ich knetete meine Stummheit mit geschlossenen Augen und vergaß Buch für Buch.

Eines Nachts stand ich auf, schlafwandelte durch das Haus der Eltern, öffnete Türen, öffnete eine Gartenpforte, öffnete die Werkstatt, ging hinein und trat die Figur um.

Sie zerbrach in wenige Teile.

Ich kehrte zurück, legte mich schlafen und empfand auch am nächsten Tag keine Reue.

Es war wohl mein letzter Versuch, selbst eine Form zu finden.

10

Zurück im Hotel hatte ich das Bedürfnis, Merce wiederzusehen.

Es wäre ein Leichtes gewesen, ihn in seiner Bar aufzusuchen, doch ich entschied mich dagegen. Ich sah fern, blätterte in alten Zeitschriften und trank Rotwein. Ich streckte mich auf meinem Bett aus und suchte die Zimmerdecke nach Hinweisen auf das Gelingen oder Scheitern meiner Reise ab. Mit dem Handy machte ich Fotos von meinem Spiegelbild, löschte sie aber gleich wieder.

Irgendwann schob mich die Müdigkeit nach draußen.

Ich umwanderte den Pfefferbaum. Die Luft war leicht und angenehm weich. Ich breitete die Arme aus und ließ sie wieder sinken. Ich bog in eine kleine Gasse ein, nahm eine nächste, ging immer weiter und mäanderte durch die Stadt, bis ich den Platz vor der geschwungenen Rathaus-Architektur erreichte. Von dort aus lief ich zurück in die Richtung, aus der ich gekommen war, und weiter bis zum Rio.

Als ich mich ans Ufer setzte, war der Himmel fahl. Ich warf ein paar Steine in den Fluss.

Das Licht in meinem Zimmer brannte noch, als ich in Kleidern aufs Bett fiel und einschlief.

Was ich träumte, weiß ich nicht mehr. Es war eine leere Nacht.

Gegen 7 Uhr wachte ich auf, weil mein Handy klingelte.

Robert sprach im Flüsterton. Als ich ihn fragte, wieso, lachte er: »Weil du doch eigentlich noch schläfst.«

»Ach, bitte«, entgegnete ich müde. »Sprich ruhig lauter. Ein Teil von mir ist immer wach.«

»Ich habe eben deine Mail gelesen«, sagte er.

»Wie geht es mit eurem Projekt voran?«, erkundigte ich mich.

»Wie geht es dir?«, fragte er zurück.

»Gut. Stabile Schieflage. Es wär schön, dich hier zu haben.«

»Ja.«

»Willst du mir nicht ein bisschen von deiner Arbeit erzählen?«, bat ich.

»Wir graben, tragen Helme und Lampen auf dem Kopf und wundern uns.«

»Komisch«, sagte ich. »Dann tun wir ungefähr das Gleiche, mir fehlt nur der Helm.«

Er lachte.

»Wann willst du in die Wüste?«

»Wenn alles gut geht, morgen.«

Ich konnte hören, wie er sich einen Kommentar verbat.

»Wirst du noch ein wenig schlafen?«

»Ja. Und du?«

»Ich muss jetzt wieder an die Arbeit. Die anderen warten schon.«

Als ich am Nachmittag aufwachte, war ich mir nicht mehr sicher, ob ich tatsächlich mit Robert gesprochen hatte.

Wenn ich pünktlich bei Laura und Nik sein wollte, musste ich mich beeilen. Ich hastete unter die Dusche, sprang in meine Kleider, griff mir im Hinauslaufen die Landkarte und schaffte es gerade, um 16 Uhr vor ihrem Haus zu stehen.

Alles war wie am Tag zuvor: die Hunde, das Händeschütteln, das Platznehmen.

Erst als ich saß, bemerkte ich, dass mir der Magen knurrte.

Nik schob mir wortlos eine Schale mit Salzcrackern hin, die schon weich waren, mich aber fürs Erste retteten.

Laura erklärte mir, dass sie meine Route nochmals durchgegangen seien und das Equipment schon bereitgestellt hätten.

»Das einzig Heikle«, sagte sie, »sind die Wassersäcke. Du musst 14 Liter transportieren, und der Sand ist wirklich weich. Wir haben einen 10- und zwei 2-Literbeutel für dich. Die trägst du in deinem Rucksack. Hinzu kommen: Essen, Schlafsack, Taschenlampe, GPS, Satellitentelefon und was zum Umziehen.« Sie überlegte. »Du hast doch einen Schlafsack?«

»Nein.«

»Es wird kühl in der Nacht. Am besten, du gibst ihr den blauen«, sagte sie zu Nick gewandt.

Er nickte. »Eine Unterlage kannst du auch von uns haben.«

»Was ist mit Essen?«, hakte Laura nach.

Das Essen war mir einerlei. Ich würde zu mir nehmen, was anstand.

»Für die drei Tage kommst du gut ohne gefriergetrocknete Mahlzeiten aus«, sagte Nik. »Das erspart dir den Kocher. Nimm einfach Brot mit, Schinken, Nüsse, Obst und ein paar Kekse. Du brauchst einen Hut. Trag lange Ärmel und Hosen. Kauf dir ein Paar Trekkingschuhe, die über die Knöchel reichen.«

Ich nickte.

»Du musst wissen, wie man mit dem GPS umgeht.« Laura stand auf und brachte es. Wir gaben die Koordinaten ein. Nik glich sie mit seiner Landkarte ab und setzte ein paar Kreuze. Sie erklärten mir, wie ich das Gerät zu benutzen hatte.

»Vielleicht wirst du hin und wieder ein Auto zu Gesicht bekommen«, sagte Laura. »In der Gegend sind noch manchmal Minenarbeiter unterwegs.«

»Gut zu wissen«, sagte ich, stand auf, bedankte und verabschiedete mich.

Seit ein paar Tagen muss ich ständig brechen. (Kein Wunder bei dem, was ich hier draußen zu mir nehme.)

Ich halte mir selber die Stirn, um mich nicht allein zu fühlen.

Oft schlafe ich danach ein.

Letzte Nacht schlief ich auf einem flachen Stein.

In der Dämmerung legte sich ein Luchs oder so zu mir. Wir lagen Flanke an Flanke.

Irgendwann sprang er auf und hastete davon.

Ich blieb den halben Tag auf meinem Stein und wünschte mir, er würde zurückkommen, aber er kam nicht.

Kann sein, dass ich Fieber habe.

11

Auf dem Rückweg zum Hotel kaufte ich mir wüstentaugliche Schuhe, einen Hut, ein Taschenmesser und Proviant für die nächsten drei Tage.

Nach dem Abendessen ging ich früh zu Bett, fand aber lange keinen Schlaf.

Immer wieder schaltete ich mein Handy ein und schaute auf die Uhr.

1.36

2.55

4.12

Dann sah ich mich in einem nächtlich dunklen Garten knien.

Ich rupfte Unkraut.

Ich zog an Blättern, hob Gras in Büscheln aus der Erde, kappte Äste und grub ein großes rundes Loch.

Erst als der Garten weg war, schlief ich ruhig.

Nik wartete bereits im Auto, als ich zur Rezeption kam, um zu zahlen.

»Ihre Rechnung ist beglichen«, sagte der Concierge.

»Aber wie … Wer?«, fragte ich.

Mr. Merce war vor einer Stunde hier«, antwortete er.

»Hat er mir keine Nachricht hinterlassen?«

Kopfschütteln.

»Darf ich eine für ihn hinterlegen?«, bat ich.

Er reichte mir einen Briefbogen und ein Kuvert.

»Merce«, schrieb ich.

Weiter wusste ich nicht.

Ich unterzeichnete mit meinem Namen, schob den gefalteten Bogen in den Umschlag und übergab ihn. Dann griff ich meine Reisetasche und ging nach draußen.

Wir verließen Copiapó.

Vor uns lag der Highway.

»Sag mal«, begann Nik nach einer Weile. »Was hast du eigentlich mit Merce zu tun?«

»Du kennst ihn?«, fragte ich. »Zwischendurch kam es mir vor, als hätte ich ihn erfunden.«

»Fast jeder hier kennt ihn«, entgegnete Nik. »Und dass ihr zwei in den letzten Tagen meist zusammen unterwegs wart, ist den Leuten nicht entgangen.«

»Ich habe ihn auf der Busfahrt nach Copiapó kennengelernt. Eigentlich weiß ich so gut wie nichts über ihn.«

»Vor ein paar Jahren sah er noch ziemlich gut aus«, erzählte Nik. »Er hat sogar mal im Rathaus mitgemischt.«

»Merce in der Politik? Das kann nicht sein«, widersprach ich belustigt. »Ich war dabei, als er von zwei Polizisten überprüft wurde. Die kannten ihn ganz sicher nicht.«

Nik lachte. »Doch. Die haben ihn bestimmt erkannt. Die waren nur nett genug, sein Spielchen mitzuspielen.«

»Was meinst du damit?«, fragte ich.

»Die Leute erzählen, er habe, als er in Copiapó ankam, allen weisgemacht, dass er einer wohlhabenden Dubliner Familie entstamme, in Österreich Montanistik studiert und vor einigen Jahren reich geerbt habe.

Jeder sah, dass er Geld hatte, also fragte niemand weiter nach. Wohl auch deshalb nicht, weil der damalige Bürgermeister ihn mochte und die beiden gern zusammen einen hoben. Jedenfalls gelang es Merce, sich als Parteiloser einen Posten im Stadtrat zu sichern. Nach einer Weile allerdings fiel auf, dass er weder von Politik noch von Bergbau das Geringste verstand.

Einer der Stadträte stellte Nachforschungen über ihn an und fand unter anderem heraus, dass Merce – der übrigens nicht aus Dublin, sondern aus Limerick stammt, wo seine Eltern einen Waschsalon betreiben –

nie an irgendeiner Uni eingeschrieben war. Dafür scheint er als Poker-Profi bis heute ziemlich erfolgreich zu sein. Natürlich ist er nicht so dumm, in Copiapó zu spielen. Er fährt regelmäßig nach Santiago.«

»Er hat mein Hotelzimmer bezahlt«, sagte ich.

»Was wohl heißt, dass er gerade einen Lauf hat.«

»Und wie ging es damals weiter?«

»Man warf ihn umgehend aus dem Rathaus. Er gab seine Wohnung auf. In den ersten Wochen sprach er mit niemandem mehr, weil alle über ihn lachten. Dennoch blieb er hier. Inzwischen redet er, wie du weißt, wieder mit jedem …«

»Allerdings!«, sagte ich. »Aber irgendwie mag ich ihn. Merce ist … Er erinnert mich an diesen Kurzfilm: Man sieht einen Mann auf der Flucht. Er rennt. Er schlägt sich, den Blick immer wieder nach hinten wendend, durch Wälder und Weizenfelder. Der Mann hat enorm große Ohren. Riesenohren. Irgendwann, nach einer ganzen Weile, wendet sich die Kamera endlich auf seinen Verfolger. Es ist ein Mann mit einer gigantisch großen Nase.«

Ich fing an zu lachen und bekam einen Schluckauf.

Niks Gesichtsausdruck verriet mir, dass er nichts Komisches an der Geschichte finden konnte. Dennoch setzte er ein gutmütiges Gesicht auf. »Nie davon gehört. Wer spielt denn mit?«

Ich hörte ein morsches Tor ins Schloss fallen.

Um nicht unhöflich zu sein, antwortete ich wahrheitsgemäß: »Keine Ahnung. Eher unbekannt, die beiden.«

»Naja«, sagte er. »Ist schon verrückt, was sich manche einfallen lassen.«

Die Landschaft vor uns erschien mir so karg, als habe sie jemand abgelegt und dann einfach vergessen.

Dann war links von uns das Meer zu sehen.

»Warum ist Laura nicht mitgekommen?« fragte ich.

»Sie muss sich um eine Gruppe kümmern«, erklärte Nik. »Wenn ich zurück bin, geht es in die Weinberge.«

Wir fuhren durch die Wüste.

Keine Küstenstraße mehr, kein Ort, nichts mehr, nur Sand, Geröll und Berge.

Als Nik schließlich anhielt und den Motor abstellte, wurde mir mulmig. Wir stiegen aus. Er öffnete die Heckklappe und half mir, mein Gepäck auszuladen.

Für einen Moment erwog ich, alles abzublasen. Dann besann ich mich auf meine schlaflosen Nächte.

»Okay, das wärs«, sagte Nik, während er die zusammengerollte Isomatte aus dem Wagen zog und das Satelliten-Telefon behutsam zu den anderen Sachen legte.

»Richte dich nur nach dem GPS. Landkarte und Kompass hast du dabei, aber bloß für den Notfall. Lass dich auf keinen Fall von deinem Orientierungssinn leiten.«

Ich nickte und gab nach einem kurzen Blick auf das GPS vor, meine Richtung zu kennen. »Danke«, sagte ich.

Nik zwinkerte mir zu, setzte sich in den Jeep und schloss die Fahrertür.

12

Ich setzte mich neben mein Gepäck und sah zu, wie das einzige Auto weit und breit immer kleiner wurde, immer kleiner und kleiner, und sich allmählich in einer Wolke aus Sand auflöste.

»Auf!«, dachte ich. Mir war, als stünde Robert neben mir.

Ich stand auf, packte mein Zeug und lief los.

Der Rucksack hing bleischwer an mir. Anfangs war ich oft davor, ihn einfach abzuwerfen.

Irgendwann fand ich einen Rhythmus, der meine Schritte mit den Schwüngen des Gepäcks synchronisierte.

Ich lief. Ich folgte der Richtung, die mir das GPS vorschrieb und versuchte, nichts zu denken.

»Alles ist nichts«, flüsterte es in mir.

Gehend wiederholte ich den Satz. Ich wiederholte ihn wieder und wieder, ich wiederholte ihn unfreiwillig und wurde seiner überdrüssig.

Bei Einbruch der Nacht gönnte ich mir eine längere Pause. Ich aß etwas. Ich trank aus dem gurgelnden Wassersack.

Vermutlich schlief ich ein.

Als ich die Augen wieder aufmachte, war es halb eins.

Ich lief weiter. Der Sand wurde flacher und der Untergrund härter.

Dann lief ich auf Pappe.

Ich schnürte meine Schuhe auf und nahm sie in die Hand. Später schien es mir, als erzeugte mein Tritt einen Hall. Schöner Größenwahn. Ich marschierte im Nichts auf Karton und lauschte.

Irgendwann sah ich im fahlen Licht, dass ich auf einen niedrigen Gegenstand zusteuerte.

Es war ein Farbeimer. Daneben lag ein breiter Pinsel.

Die Farbe ließ sich nicht bestimmen.

Rot, vielleicht.

Blau, vielleicht.

Schwarz, möglicherweise.

Ich schob meine Schuhe in den Rucksack, griff mit einer Hand den Eimer, mit der anderen den Pinsel und setzte meinen Weg fort.

Alle zehn Schritte tauchte ich die Borsten in die Farbe und holte zu einer weiten Bewegung aus. Manchmal vollführte ich eine Pirouette. Wie meine Schritte verursachten auch die niederprasselnden Farbspritzer einen Hall.

So ging ich lang.

Ich hörte noch, wie ich fiel.
Unter mir: mein Laken.
Um mich: meine Bücher.

Als ich aufwachte, fand ich den Schlafsack neben mir. Für einen Moment sah er aus wie ein Mensch. Ich drehte mich hinein und fühlte, wie mein Bibbern nachließ. Das war so gegen vier.

Kurz vor Sonnenaufgang hörte ich etwas. Es klang wie ein Fluchen.

Ich richtete mich auf, sah mich um und erschrak: Nur wenige Meter von mir entfernt lief ein Mädchen von etwa zehn oder elf Jahren durch die Dünen. Sie schleppte ein schlafendes Kind vor sich her, ebenfalls ein Mädchen, es mochte wohl vier oder fünf sein. Das Kind hing der Länge nach in ihrer Umklammerung, seine Füße baumelten nur knapp über dem weichen Grund und stießen ihr bei jedem Schritt gegen die Schienbeine. Immer wieder drohte sie ins Stolpern zu geraten, fing sich aber jedesmal.

Ich sprang auf und eilte den beiden entgegen.

Das Mädchen beachtete mich nicht.

Erst als ich mich vor sie stellte, blieb sie, ohne mich anzuschauen, stehen.

»Was …«, ich beugte mich zu ihr herunter, um ihren Blick einzufangen. »Wie kommst du hierher?«, fragte ich. »Ist mit deiner Schwester alles in Ordnung?«

»Das ist nicht meine Schwester«, antwortete sie tonlos und hob den Kopf.

Ihre Augen waren meine. Sie sah aus, wie ich in ihrem Alter ausgesehen hatte. Selbst der kleine Leberfleck auf der Wange war da.

»Und wer …«. Ich brachte meine Frage nicht zu Ende. Auch das zweite Mädchen war ich.

Ich trat einen Schritt zurück.

Sofort machte die Größere Anstalten, weiterzulaufen. Ich griff nach ihrem Arm und hielt sie fest. Ihr Gesicht nahm einen trotzigen Ausdruck an.

»Hör mal«, riss ich mich zusammen. »Was in aller Welt habt ihr hier verloren?«

»Und du?«, fragte sie spöttisch.

»Wollt ihr nicht …«, hob ich noch an.

»Nein«, blaffte das Mädchen.

Sie riss sich fort und stapfte weiter.

In meinen Träumen schiebe ich mich jetzt jede Nacht durch Menschenmengen. Ich sehe bekannte Gesichter und erinnere die Namen nicht mehr. Ich denke Namen und erinnere die Gesichter nicht mehr. Dann beschleunige ich, streife Körper und Hecken, lese laufend Steine auf und versenke sie in den Hosentaschen, bis meine Beine den Dienst versagen und einknicken.

13

Ich lief, prüfte die Daten auf dem GPS, lief, prüfte, lief, rief kurz bei Nik und Laura an und bat sie, am nächsten Tag meine Reisetasche zu unserem Treffpunkt mitzubringen. Sie erklärten sich bereit, mich von dort aus nach Antofagasta zu fahren.

Ich lief, sah fast nichts, lief, dachte nichts, lief und prüfte, sah sonst nichts, dachte sonst nichts. Nur manchmal den Satz: »Man muss sich einfach verlassen.«

Ich fühlte, wie der Rucksackgurt an meinen Hüften scheuerte. Auch meine Fußknöchel taten mir weh, aber es war nur ein leichter Schmerz, wie ein Muskelkater.

Ich steuerte durch ein von mir selbst vorgegebenes Koordinatensystem und erinnerte mich kaum mehr an das, was vorher gewesen war. Von den schmerzhaften Stellen an meinem Körper abgesehen, ging ich über in die Landschaft, die mich umgab.

Keines der von Laura angekündigten Autos kreuzte meinen Weg. Ich war allein. Nichts hielt mich davon ab, über mich selber nachzudenken, und nichts regte mich dazu an.

Am dritten Morgen stand ich auf, schaltete das GPS ein und prüfte meine Strecke.

In den vergangenen Tagen und Nächten war ich so weit gewandert, dass mich nur noch 10 Kilometer von dem vereinbarten Treffpunkt mit Nik und Laura trennten.

Ich rollte meinen Schlafsack zusammen, zog den letzten vollen Wasserbeutel aus dem Rucksack und warf ihn über mein Gepäck.

Ich öffnete den Verschluss und hielt beide Hände unter das nachtkühle Wasser, um mich zu waschen.

Dann sagte ich etwas.

Vielleicht sagte und sang ich etwas, mich meiner Stimme versichernd.

Vielleicht sagte und sang ich so etwas wie »ja gut« und »danke.«

Genau weiß ich es nicht mehr.

Dann lief ich weiter in die festgelegte Richtung, als befolgte ich ein Horoskop, an das ich nicht glaubte.

Ich sah Nik und Laura schon aus der Ferne. Wie auf ihrem Prospekt standen sie an ihren Jeep gelehnt.

Laura entdeckte mich als Erste. Sie zupfte an Niks T-Shirt, wies in meine Richtung und winkte mir. Sie kamen mir entgegen und begrüßten mich. Nacheinander nahmen sie mich in die Arme.

Eingeübte Vertraulichkeiten wie diese sind mir immer unangenehm, also machte ich es kurz. Ersatzweise versuchte ich, ihr offenes Strahlen zu erwidern. – Was mir missglückte und mehr zu einem schiefen Lächeln geriet (komisches Gefühl, wenn die obere Gesichtshälfte nicht mittut). Nik wandte sich an Laura und witzelte: »Hast du nicht auch den Eindruck, dass sich da jemand maßlos freut, uns wiederzusehen?«

»Entschuldigt«, sagte ich. Mit einer Bemerkung, die die Worte »müde« und »hungrig« enthielt, überspielte ich meinen Impuls, erneut das Weite zu suchen.

Wir luden meinen Rucksack in den Kofferraum.

Ich nahm hinten Platz.

»Antofagasta?«, fragte Nik in den Rückspiegel.

»Antofagasta«, bestätigte ich.

»Jetzt erzähl schon«, ermunterte mich Laura, während sie mir eine Flasche Eistee und ein mit Huhn belegtes Brot reichte.

Nun bedauerte ich, dass ich den beiden so kühl begegnet war. Von unserem ersten Treffen an hatten sie meinen Wüstenplan uneingeschränkt unterstützt und mir keine unangenehmen Fragen gestellt. Sie hatten nicht lang gefackelt, waren fürsorglich und zuverlässig. Auch wenn sie mit dieser Fürsorge ihr Geld verdienten, stand ich in ihrer Schuld.

Diese Schuld, so schien mir, war nur durch Begeisterung abzutragen. Also klaubte ich, anfangs etwas stockend, dann immer müheloser, alles zusammen, was mir zur Einmaligkeit der Wüstenlandschaft und dem Gefühl, in ihr ganz allein zu sein, einfiel. Ich pries – natürlich! – den klaren Sternenhimmel und das Erlebnis absoluter Stille. Nirgends werde einem so bewusst – naja, vielleicht noch auf dem Meer –, wie mikroskopisch klein das eigene Leben sei und dass die Erde sich ganz unbeeindruckt weiterdrehen würde, einfach weiter, auch wenn man irgendwann darin begraben läge. Ich hätte diesen Gedanken nur in der ersten Nacht als beängstigend empfunden, dann aber als tröstlich. Überhaupt sei ich in den drei Tagen ganz ruhig geworden und hätte mich nur noch aufs Gehen konzentriert.

Laura und Nik schienen äußerst zufrieden.

Vielleicht hatte ich das alles tatsächlich so empfunden, vielleicht entsprang mein Bericht aber auch nur den Vorstellungen, die ich mir vorher von der Wüste gemacht hatte. Möglicherweise waren es auch Ideen, die ich jetzt erst, im Reden darüber, entwickelte.

Es fällt mir manchmal schwer, Erlebtes und Gedachtes, Gesehenes und die Bilder in meinem Kopf nachträglich voneinander zu unterscheiden. Immerhin gebe ich gerne zu, dass ich gelegentlich etwas durcheinanderbringe.

Erinnerungen überschreiben sich fortlaufend selbst. Sie verbinden sich mit den Momenten, in denen man sie hervorholt. Es sind Amalgame aus verschiedenen Zeiten und verschiedenen Empfindungen. Wenn man von sich erzählt, schrammt man beinahe zwangsläufig an der Wahrheit vorbei. Weil Verstand und Körper permanent von solchen Rückkoppelungen beeinflusst sind, gibt es gute Gründe dafür, die Fähigkeit zur Wahrheitsfindung in eigener Sache in Frage zu stellen.

Hebt man die Mundwinkel, auch wenn einem gar nicht zum Lachen zumute ist, schüttet der Körper Endorphine aus. Er gibt das Signal »Freude!«, und das Gehirn ist dermaßen auf Ausgleich programmiert, dass es ihm die dafür notwendigen Stoffe nachträglich serviert.

Damit, dass vieles zwar im Kopf und dennoch jenseits der Ratio entschieden wird, kann sich jeder anfreunden, der die Vernunft wirklich liebt. Wer annimmt, der in der Mikrophysik überall nachweisbare Zufall hätte im eigenen Kopf keine Chance, ist ein verdeckter Esoteriker. Ich selbst übe mich jedenfalls lieber in Skepsis, wenn es um meine Wahrnehmungen, Erinnerungen und meinen Verstand geht oder darum, mich im Nachhinein zu irgendetwas zu erklären.

Mein enthusiastischer Bericht über die Tage in der Wüste wischte die dumpfe Ahnung, dass ich dort etwas Wichtiges zurückgelassen hatte, beiseite und ließ mich jetzt gut gelaunt im Fond sitzen.

»Wie bist du eigentlich mit dem schweren Rucksack zurechtgekommen?«, erkundigte sich Laura.

»Welcher Rucksack?«, konterte ich.

»Angeberin«, kommentierte Nik. »Gib zu: Dir tun die Knöchel weh, und der Gurt hat deine Hüfte aufgescheuert.«

»Ach was«, setzte ich meine Nummer fort. »Aber nur so interessehalber: Habt ihr zufällig Wundsalbe? – Nicht für mich. Für einen Freund von mir.«

Beide lachten.

»In der Wüste hatten wir mal einen dabei«, begann Nik zu erzählen, »der hieß Fred.« Laura stöhnte: »Fred, oh ja. Fred aus Solingen.«

»Schon zur Vorbesprechung kam er im Safari-Outfit. Er hat sich alle Mühe gegeben, wie Hemingway auszusehen. Er prahlte unentwegt damit, was für ein toller Hecht er sei und was er schon alles gesehen habe. Unsere Tour sah auch eine Fahrt zum Llullaillaco vor, einem fast 7000 Meter hohen Vulkan etwas weiter im Westen.

Wir unternahmen nur eine kleine Wanderung, aber schon auf den ersten Metern stellte sich heraus, dass Fred eine Mordshöhenangst hatte. Er wurde mit jedem

Schritt nach oben kleinlauter. Wenn wir ihn fragten, ob alles in Ordnung sei, pfiff er uns an: ‚Nicht ansprechen! Nicht ansprechen!' Zurück in Copiapó aber führte er sich auf, als habe er den Berggipfel gestürmt und uns danach durch die Wüste nach Hause geführt.«

»Fred aus Solingen?«, rief ich erstaunt. »Leute! Die Welt ist ja so klein! Das ist er: der Freund, für den ich die Wundsalbe auftreiben soll!«

Bis Antofagasta waren es rund 150 Kilometer.

Ungefähr auf halber Strecke sagte Nik: »Wir müssen dir unbedingt etwas zeigen. Du machst doch Kunst, oder?«

»Nein«, korrigierte ich. »Ich restauriere Kunst, die andere gemacht haben.«

»Jedenfalls bist du irgendwie künstlerisch unterwegs«, fegte Nik meinen Einwand beiseite. (Wie oft mir dieses Missverständnis schon begegnet ist, lässt sich kaum mehr zählen.)

»Auf einer Anhöhe hier in der Gegend«, fuhr Nik fort, »steht ein tolles Kunstwerk: La Mano del Desierto. Normalerweise kann ich mit Kunst ja überhaupt nichts anfangen, schon gar nicht mit moderner, aber dieses Ding ist echt beeindruckend.«

Obwohl mir nach diesem letzten Satz nichts Gutes schwante, willigte ich ein, den kleinen Abstecher zu unternehmen.

Die Mano del Desierto war eine ausgestreckte Zementhand, die – von der Mittelhand aufwärts – elf Meter hoch aus dem Sand ragte.

Wie wir davorstanden, schaute mich Laura erwartungsvoll an: »Und, was sagst du?«

Für meine Begriffe war das Ding nichts anderes als Kitsch.

»Glaubt ihr«, versuchte ich es vorsichtig, »dass am anderen Ende ein Fuß aus der Erde sticht? Irgendwo in China? Ich meine: Wennschon, dennschon!«

Laura lehnte sich mit dem Rücken an Nik. Er legte eine Hand auf ihre Schulter.

Die Stimmung zwischen uns nahm eine leichte Kurve nach unten.

Sie wurde auch nicht besser, als ich im Auto einen Versuch unternahm, ernsthaft auf Lauras Frage zu antworten. »Ich glaube, dass diese Plastik vor allem deshalb beeindruckt, weil sie so groß ist. Mir persönlich ist das zu wenig. Außerdem weckt sie doch bei allen dieselbe Assoziation: Dort liegt ein riesenhaftes Wesen im Sand begraben. Vielleicht denkt man dabei ans Versinken und Verzweifeln, ja gut. Und dann?«

Ich merkte, wie mein Tonfall mit jedem Wort ein wenig schärfer wurde. Dass ich im Begriff war, mich für das Ausbleiben von Euphorie zu rechtfertigen, erschien mir plötzlich ganz krumm.

Nik brachte die Sache zu einem abrupten Ende, indem er feststellte: »Was solls. Über Geschmack lässt sich eben nicht streiten.«

Endlich ist mir nicht mehr übel. Mein Magen hat sich offenbar an die neue Kost gewöhnt. Wahrscheinlich war es vor allem das Wasser aus dem kleinen Tümpel, das mich für einige Tage lahmgelegt und mir auch das Zeitgefühl genommen hat. Nehme doch an, es war Fieber.

Es ist Ende August, aber welches Datum genau?

Langsam sollte ich mir Gedanken darüber machen, wie es weitergeht, ich kann schließlich nicht ewig hierbleiben. Die Tage werden kürzer und die Nächte merklich kühler. Außerdem ist kaum mehr Benzin in meinem Feuerzeug.

Noch bin ich keinem anderen Menschen begegnet, aber manchmal höre ich in der Ferne Flugzeuglärm. Daran, dass das Leben außerhalb meines kleinen Reviers normal weitergeht, habe ich nicht den geringsten Zweifel. Ich müsste nur in irgendeine Richtung aufbrechen.

Die Sache ist bloß die: Nach allem, was passiert ist, treibt es mich nirgendwo hin.

Ich wüsste auch niemandem etwas zu sagen.

14

In Antofagasta hielten wir nach einem Hotel für mich Ausschau. Wir fanden eine große moderne Anlage gleich am Strand.

Nik und Laura blieben beim Wagen, während ich mich nach einem freien Zimmer erkundigte.

»Geht klar«, sagte ich im Hinauskommen.

Am offenen Kofferraum stehend, dividierten wir unsere Sachen. Ich freute mich, nun wieder mit leichtem Gepäck reisen zu können.

Während ich den Beutel mit meiner Wäsche aus dem Rucksack in die Reisetasche verfrachtete, sagte Nik: »Nimms mir nicht übel, aber dein Anzug könnte eine Reinigung verkraften.«

»So? Findest du?«, fragte ich. Nik und ich lachten.

Laura kramte in einer Tasche unter ihrem Sitz und übergab mir eine Tube Wundsalbe. »Mit schönen Grüßen an Fred.«

Unser kleines Stimmungstief war verflogen.

Ich dankte den beiden und bezahlte sie.

»Warte noch kurz!«, befahl Nik und holte seine Kamera aus dem Wagen.

Sie nahmen mich in ihre Mitte, Arme wurden um Schultern gelegt, Nik streckte seine Kamerahand nach vorn und drückte auf den Auslöser.

Ich sah mich schon mit anderen Reisenden in einer Fotocollage.

Mein Zimmer war groß, komfortabel, sauber und klimatisiert.

Vom Balkon aus hatte ich freie Sicht auf den Pazifik.

An der Rezeption hatte man mich freundlich empfangen. Dass mein Äußeres womöglich leise Zweifel an meiner Zahlungsfähigkeit weckte, ließen sich weder die Concierge noch der Mann, der mich zu meinem Zimmer führte, anmerken.

Eine Weile lag ich ausgestreckt auf dem Bett.

Es war bereits spät am Nachmittag, also raffte ich mich wieder auf, wusch mir das Gesicht und verließ das Hotel, um mir etwas Neues zum Anziehen zu kaufen.

An der Küstenstraße, nur wenige hundert Meter von meiner Unterkunft entfernt, lag eine Shoppingmall. In einer Boutique kaufte ich eine leichte dunkelblaue Hose, ein Paar hellgraue Wildledersandalen, zwei T-Shirts (beige und hellgrau) und ein schlicht geschnittenes rotes Kleid aus Seidenjersey. Erst in der Umkleidekabine verstand ich, warum mir die Verkäuferin zu einer kleineren Größe geraten hatte. Ich war abgemagert.

Hinzu kam, dass mir die Haare in spröden Wellen vom Kopf abstanden.

»Catweazle«, sagte ich zu meinem Gegenüber.

Es lächelte.

In der Mall fand ich auch einen Friseur.

Im Spiegel sah ich einen weiteren Spiegel an der rückwärtigen Wand, darin die Spiegelung meines Spiegels und so fort. Geradeaus in den langen Korridor hinter mir starrend, in dem ich als zigfach gespiegelter Hinterkopf Schlange stand, ging ich alle mir bekannten Schriftsteller und Maler durch, die dieses Phänomen schon irgendwie verhandelt hatten.

Die Friseuse und ich wechselten nur wenige Worte. Sie tat, was zu tun war, erledigte es schnell und geschickt – und entließ mich ohne Widerspruch mit ungeföhnten Haaren.

Im Hotel ließ ich mir ein Bad ein. Mehrfach tauchte ich mit dem Kopf unter Wasser und blieb, so lange es ging, unter der Oberfläche.

»Was oder wohin treibst du?«, hatte Aaron mich einmal gefragt, als er mich so in seiner Badewanne fand.

»Nirgendwohin. Ich horche.«

»Und was hörst du?«

»Ich höre die Leitungen im Haus, ich höre deine Schritte, ich höre, wie mein Blut pulsiert. Alles ist gleichzeitig nah und weit weg.«

Aaron. Er fehlte mir. Ich nahm mir vor, ihn später anzurufen.

Wenn ich ihn zu Hause an seinem Schreibtisch sitzen sah, über ein Buch oder über eine technische Zeichnung gebeugt, dann fand ich seine Konzentriertheit manchmal so anziehend, dass wir wenig später im Bett landeten. Wenn er von seiner Arbeit für das Trainingszentrum erzählte, von den Piloten, die im Flugsimulator ihre Stunden absolvierten, oder von Reibereien im Technikerteam, dann wusste ich, dass wir die Gesten der anderen ähnlich lasen. Ich bewunderte ihn für seine Besonnenheit und dafür, dass er niemals ein vorschnelles Urteil fällte. Und dennoch blieb zwischen uns immer ein unüberwindbarer Abstand. Eine Fremdheit, die mitunter in Befremden umschlug und uns wortlos, schulterzuckend, voreinander stehen ließ.

Dieses Befremden machte sich nie in lauten Streitereien Luft, sondern ausschließlich in kleinen Demonstrationen: Darin, dass ich mich in Straßenkleidern aufs Bett legte, obwohl ich wusste, dass er das nicht ausstehen konnte. Es zeigte sich seinerseits im betont beiläufigen Schließen der von mir offengelassenen Schubladen und Schranktüren, und meinerseits in der Weigerung, mir ein Portemonnaie zuzulegen, anstatt mein Geld zusammengeknüllt in den Hosentaschen mitzuführen oder es lose verstreut in der Wohnung herumliegen zu lassen. Die Beharrlichkeit, mit der Aaron immer wieder ölverschmierte Technikteile auf der Küchenanrichte ausbreitete – und die Beharrlichkeit, in der ich sie beiseiteschob, gehörten ebenfalls dazu.

All das fand kommentarlos statt. Mit der Zeit wurde das Ausbleiben oder die Häufigkeit dieser Demonstrationen zu einem verlässlichen Indikator dafür, wie es um uns beide stand.

Nach dem Bad streifte ich mein neues Kleid über und schlüpfte in die Sandalen. Ich bat den Zimmerservice, meinen Anzug in die Reinigung zu geben und fragte, ob das Hotelrestaurant schon für den Abendbetrieb geöffnet sei. Es war derselbe Mann, der mich am Nachmittag nach oben geführt hatte. Seine diskrete Neugier an meinem veränderten Äußeren gefiel mir.

Unten in der Lobby fand ich einen Fensterplatz mit Meerblick und ließ mir einen Sherry bringen. Dann ging ich ins Restaurant, bestellte Salat, gegrillten Fisch in Muschelsauce, Crêpe Suzette mit Mangostreifen und eine Flasche Chardonnay.

Nach dem Essen schlenderte ich erst an den Strand und dann durch die Stadt.

In der Abendbeleuchtung wirkte sie nicht halb so schäbig wie bei Tag.

Nach langer Zeit empfand ich wieder so etwas wie Übermut. Ich genoss es, ohne Rucksack unterwegs zu sein, und fühlte mich so leicht, dass ich gelegentlich, wenn niemand in Sicht war, zu einem Sprung ansetzte.

Auf dem Rückweg zum Hotel passierte ich die weiße Kathedrale an der Plaza Colòn. Ich setzte mich auf eine Bank beim Brunnen und beobachtete eine Gruppe Jugendlicher auf der gegenüberliegenden Seite des Platzes.

Die Jungs warfen sich ins Zeug, um die drei auf einer Bank sitzenden Mädchen mit lässigen Bewegungen und gespieltem Desinteresse zu beeindrucken. Die Mädchen unterhielten sich meist hinter vorgehaltener Hand und brachen immer wieder in Gelächter aus. – Es war eine Art Tauziehen.

Hinter der Gruppe entdeckte ich eine Bar, die mich an Merces Stammlokal erinnerte.

Ich setzte mich an den Tresen und bestellte einen Pisco Sour.

Auf den Barhockern rechts neben mir saßen zwei Männer, Mitte zwanzig und hochgewachsen der erste, klein, kräftig und Anfang dreißig der zweite.

Der Jüngere sprach in einem fort, der andere hörte ihm aufmerksam zu.

Irgendwann sah der Ältere mich an und hob sein Glas. Der andere drehte sich um und prostete mir ebenfalls zu. Etwas an seinem Gesicht brachte mich durcheinander. Was es auch war: Es zog mir für einen Moment das Herz zusammen. Ich erwiderte den Gruß, trank aus, bezahlte und ging.

Gegen 1 Uhr rief ich Aaron an. Es war Samstag, etwa 21 Uhr seiner Zeit.

Er nahm den Hörer erst nach langem Klingeln ab, es lief laute Musik.

»Hallo. Ich bins«, sagte ich.

»Moment bitte«, sagte er. Es vergingen ein paar Sekunden. Die Musik wurde leiser gestellt, dann hörte ich, wie Aaron das Wohnzimmer durchquerte. Im Hintergrund wurde eine Weinflasche geöffnet.

»Da bin ich wieder«, sagte er. »Wie schön, dass du dich meldest! Wie geht es dir? Wo steckst du jetzt?«

»Seit heute in Antofagasta«, erklärte ich. »Nord-Chile. Vorher war ich ein paar Tage lang in der Wüste.«

»Allein?«, erkundigte er sich.

»Ja. Heute Abend habe ich gut gegessen, und mein Hotel liegt direkt am Meer. Kannst du die Brandung hören?«, fragte ich und hielt den Hörer über die Balkonbrüstung.

»Nicht wirklich. Klingt eher wie ein Rauschen in der Leitung. Wann kommst du zurück?«

»Übermorgen geht die Restaurierung los, das heißt, ich habe noch zwei Wochen Zeit. Vielleicht bin ich auch schon vorher wieder da. Aber sag: Wie geht es dir?«

»Bastian ist hier. Er hat neue Musik mitgebracht und den Motor seiner alten Triumph. Jetzt winkt er. Soll wohl heißen: Er lässt dich grüßen.«

»Danke. Bitte grüß ihn zurück.«

Es entstand eine kleine Pause.

Ich begann, von Laura und Nik zu erzählen, von der Mano del Desierto – und von Fred. Aaron zum Lachen zu bringen, schien für den Moment der einzige Weg, diese Distanz zwischen uns, diese Irritation über mich, zumindest zeitweilig auszuräumen. Aarons Erleichterung darüber, mich in heiterer Stimmung wiederzuhören, mich in der Art meiner Scherze wiederzuerkennen, zeigte sich daran, dass er lauter als sonst über sie lachte.

Erst jetzt, in dieser etwas aufgekratzten Stimmung, die mich an unsere ersten Treffen erinnerte, konnte ich Aaron sagen, dass er mir fehlte.

»Und du fehlst mir«, sagte er zum Abschied.

Nicht lange her, da ging ich manchmal nachts in eine der Bars im Frankfurter Bahnhofsviertel und stellte mich, ein Glas Wein in der Hand, in den Pulk fremder Menschen.

Ich stand ruhig, rauchte eine Zigarette, trank, beobachtete die Szenerie und horchte in mich hinein. Wenn mich jemand musterte und sich zu fragen schien, ob ich auf irgendwen wartete oder tatsächlich allein sei, versuchte ich, nicht verlegen zu werden. Freundlich, niemals aber einladend, erwiderte ich den Blick, als wäre ich ein Spiegel.

Ich badete in der Geselligkeit der anderen und machte mir gleichzeitig einen Spaß daraus, sie für einen Moment durch meine Anwesenheit zu irritieren.

Dann ging ich.

Solche Nächte sind nun so weit entfernt.

Wenn ich daran zurückdenke, empfinde ich diese stillen Kundgebungen meiner Isoliertheit, die ja im Alltag für niemanden sichtbar war, mir aber seit Jahren den Zugang zu allen möglichen Vergnügungen versperrte, als Ausdruck einer beschämenden Unfähigkeit. Hätte ich im Alltag etwas weniger Mühe darauf verwendet, das mich durchdringende Gefühl der Abgeschiedenheit zu verbergen – etwa, indem ich es (und das war eine meiner bewährtesten Methoden) scherzhaft wie einen Spleen in ein Gespräch einfließen ließ: Möglicherweise hätte es mich dann nicht mehr nachts auf die Straßen und in die Bars getrieben, wo ich dieses Gefühl – unverstellt zwar, aber auch ohne jede Aussicht auf Trost – herzeigte.

Mir war dabei, als würde ich freiwillig mit aufgeschürften Knien über den Asphalt rutschen. Etwas an diesen Nächten kommt mir daher verdächtig eitel vor. Kokett, irgendwie, und undankbar. Denn ich war nicht allein.

15

Ein leises Klopfen weckte mich.

Ich bat das Zimmermädchen, mich für dieses Mal auf ihrem Rundgang auszusparen, legte mich wieder hin und schlief weiter.

Am Mittag bestellte ich mir eine Kanne Tee mit Zitrone und ein Sandwich aufs Zimmer. Ich entfernte die Schilder aus meinen neuen Sachen, zog Hose und Shirt an und suchte die Rezeption auf. Auf meine Bitte wies man mir eine Internetkabine zu.

Ich verschickte eine Nachricht an Aaron und beantwortete zwei E-Mails von Freunden, die sich nach meinem Verbleib erkundigten. Dann schrieb ich an Robert, berichtete kurz von meinen Wüstentagen und teilte ihm meinen neuen Aufenthaltsort mit.

Vom Hotel aus lief ich zum Strand und über den von schwarzen Kränen gesäumten Pier. Außer mir war kein Mensch da.

Schwere, silbern gerandete Wolken bedeckten den Himmel, nur ab und an kam die Sonne durch und wanderte wie ein Bühnenlicht über die Stadt und das Meer.

Der Wind blies mir entgegen.

Ich genoss es, an diesem unwirtlichen Ort zu sein.

Im Hafen sah ich ein paar Fischern beim Ausladen ihrer Fänge zu. Einer von ihnen winkte mir mit einem Tintenfisch. Ich ging weiter zum Jachthafen, wo mir unter vielen protzigen Motorjachten ein elegantes Segelschiff aus Holz auffiel. Ich setzte mich auf einen Poller, um es in Ruhe zu bewundern: Es war ein Zweimaster von etwa 15 Metern Länge. »Sepia« stand in schlichten Lettern darauf.

Ich schloss die Augen, um den Windgeräuschen in der Takelage, dem Klirren und Klopfen und dem sanften Plätschern im Hafenbecken zuzuhören.

»Hola!«, sprach mich jemand an und tippte mir an die Schulter. Ich sprang auf.

Vor mir standen die beiden Männer von gestern Abend.

Der ältere trug einen Werkzeugkasten und zwei Pinsel mit sich, der andere ein Bündel Tücher und einen Metallkanister.

»Hola«, antwortete ich vorsichtig.

Der Ältere wies auf seinen Begleiter und sagte: »Jott«. Dann deutete er auf sich und sagte: »Aki«.

Ich gab ihnen die Hand und stellte mich ebenfalls vor.

Es entstand eine Pause.

»Ein schönes Boot, nicht?«, sagte Aki. »Wir müssen den Wasserzulauf zur Spüle reparieren und die Kajüte lackieren.«

»Kann ich vielleicht mitmachen?«, fragte ich.

»Ich nehme an, du meinst nicht die Spüle«, antwortete er, drückte mir einen breiten Pinsel in die Hand und sagte: »Du musst die Schuhe ausziehen.«

Ich tat es und folgte den beiden barfuß aufs Deck.

In der Kajüte füllte Aki den Bootslack in zwei Dosen, kramte aus einer am Boden liegenden Plastiktüte zwei Lackwannen hervor und schickte uns damit an die Arbeit.

Jott bestieg das flache Kajütdach, ich positionierte mich an einer Seitenwand.

»Du darfst nicht zögern«, sagte er. »Du musst den Pinsel möglichst gleichmäßig führen.«

Ich nickte, tauchte die Borsten ein, streifte sie ab und setzte an. Dann zog ich den Pinsel in einer fließenden Bewegung von links nach rechts, nahm neuen Lack auf und verstrich den Ansatz. Für die kürzeren Bahnen zwischen den Fenstern reichte eine einzige gerade Bewegung.

Das Holz sog den klaren Lack an und begann zu leuchten.

»Es wird noch einen Anstrich brauchen«, stellte Jott fest.

Ich stimmte ihm zu.

Erneut tauchte ich den Pinsel in den Topf, streifte ihn ab und setzte zur nächsten Bahn an, weiter und weiter, von links nach rechts und wieder auf Anfang. Nur ein einziges Mal warf Jott einen kurzen Kontrollblick.

Ich zog meine Bahnen und verschwand mit dem Anstrich im Holz.

Nachdem Jott mit dem Dach und ich mit meiner Seite fertig war, nahm er sich die zweite Seitenwand vor, während ich mich dem Eingang zur Kajüte widmete. Wir strichen schweigend aufeinander zu und voneinander weg. Wir hatten dasselbe Tempo.

Schon als Kind hat es mich angezogen, Menschen, die etwas von ihrem Handwerk verstehen, bei der Arbeit zu erleben. Die beruhigende Wirkung einer routinierten Bewegung, die Sicherheit, mit der einer sein Werkzeug ansetzt, einen Fisch filettiert, Kacheln verlegt, einen Schuh neu besohlt oder mit wenigen Strichen eine Skizze anfertigt, berührt mich immer.

Dass Jott und ich, ohne einander zu kennen, so still, konzentriert und einhellig nebeneinander arbeiten konnten, empfand ich als Geschenk. Gern hätte ich noch lange so weitergemacht, aber nach dem ersten Anstrich musste der Lack für einige Stunden trocknen.

»Und jetzt?«, fragte ich.

»Jetzt essen wir«, erklärte Jott und steckte seinen Kopf in die Kajüte, um Aki zu holen.

Wir setzten uns aufs Vorderdeck.

Aki brachte Brot, etwas Schinken und drei Flaschen Bier.

»Wem gehört die Jacht?«, fragte ich.

»Wir kennen den Eigner nicht. Die Hafenverwaltung hat uns beauftragt«, sagte Jott.

Von Aki erfuhr ich, dass Jott und er Brüder waren. Aufgewachsen im finnischen Turku, waren sie als Kinder mit ihren Eltern und ihrer kleineren Schwester nach Chile gekommen. Der Vater hatte einen Posten als leitender Angestellter in einem Unternehmen angenommen, das mit Salpeter handelte. Er starb jedoch schon wenige Monate nach ihrer Ankunft in Antofagasta an einem Hirnschlag. Seiner Familie hinterließ er ein kleines Haus am Rand der Stadt und gerade so viel Geld, dass seine Frau und seine Tochter bis heute ein knappes, aber sicheres Auskommen hatten.

»Nach der Schule gingen Jott und ich immer in den Hafen und sahen uns die Boote und Jachten an«, erzählte Aki. »Später durften wir für den einen oder anderen

Skipper Hilfsarbeiten erledigen. Dann lernten wir den Chef der Jachthafenverwaltung kennen. Er verschaffte uns bald regelmäßig Jobs. Alles, was wir verdienten, haben wir für ein eigenes Boot gespart. Im letzten Herbst haben wir einen Kutter gekauft. Wir bieten Angel- und Ausflugsfahrten für Touristen an, sind aber immer noch oft hier.«

»Was ist mit eurer Schwester?«, fragte ich die beiden. »Was macht sie?«

Jotts Augen nahmen eine andere Farbe an. Es sah aus, als liefe ihm von innen Tinte in die Iris.

»Ja, unsere Schwester …«, hob Aki an. Er stellte seine Bierflasche ab. »Unsere Schwester Venia ist – wie soll ich das erklären? Sie ist gesund und ist es doch nicht. Sie ist jetzt 26. Wie Jott. Die beiden sind Zwillinge.«

Nach Jotts Reaktion wagte ich es nicht, weitere Fragen zu stellen.

Dieser Ausdruck in seinem Gesicht, der mich schon in der Bar kurz touchiert hatte, war von solcher Intensität, dass jede Leichtigkeit darin versickerte. Noch verstand ich nicht, wie das mit seiner Plauderlaune am Vorabend zusammenging.

Inzwischen weiß ich es, und die Erinnerung fühlt sich an wie ein freiliegender Nerv.

»Danke für deine Hilfe«, sagte Aki.

»Gern geschehen. Heute war der erste Tag seit langem, an dem ich mich entspannen konnte«, erklärte ich.

Jott fragte: »Machst du nicht Ferien?«

»Nicht ganz«, erwiderte ich. »Ich versuche, mich zu vergessen. Erst erinnern, dann vergessen.«

»Wenn dir das Lackieren dabei hilft«, flachste Aki, »kannst du gerne morgen damit weitermachen.«

»Einverstanden«, entschied ich. »Wann soll ich hier sein?«

Wir reinigten die Pinsel. Aki verstaute das Werkzeug in einem der Kajütschränke.

Unten am Anleger stieg ich in meine Schuhe und lief noch ein Stück mit den beiden. Dann wünschten wir einander einen guten Abend und trennten uns.

Im Hotel prüfte ich erneut meine Mails. – Die Restaurierung würde ihren Gang nehmen. Robert hatte geschrieben und ein paar Fotos von seinen Grabungen geschickt: Robert mit Stirnlampe, Robert verdreckt in einem Erdloch, Robert und Matías mit ein paar Scherben, einer Karte und zwei Flaschen Bier vor sich.

Ich sah mir die Bilder lange an.

Auf meinem Zimmer rief ich kurz bei Aaron an. Ich berichtete ihm von meinem Tag und er mir von seinem.

Dann ging ich leichten Herzens zu Bett.

Heute hat es den ganzen Tag lang geregnet. Schon am Morgen war der Himmel regenschwer.

Ich stellte die knapp zwanzig Büchsen und Flaschen auf, die ich in den letzten Wochen gefunden habe, setzte mich auf meinen Stein und vertrieb mir das Warten damit, den richtigen Namen für die Farbe des Himmels zu suchen.

Als der Regen losbrach, ging ich ins Zelt und zog meine Sachen aus. Dann stellte ich mich ins Freie und wartete, bis mir das Wasser die Haare durchweicht hatte und mir den Körper hinablief, sodass ich mich waschen konnte.

Das Gefühl, wieder sauber zu sein, erschien mir weit weniger befriedigend als erhofft.

Ich suchte Heimat in meinem Anzug.

Immerhin: Für trinkbares Wasser ist erstmal gesorgt.

Und ich spekuliere auf den einen oder anderen Steinpilz in den nächsten Tagen.

16

Um 10 Uhr morgens stand ich wieder vor der Jacht. Wenige Minuten nach mir trafen auch Jott und Aki ein. Das Wetter war wie am Vortag: silbergrau, kühl und trocken. Wir stiegen aufs Boot.

»Ich habe Frühstück mitgebracht«, sagte ich und breitete meine Einkäufe auf dem Deck aus.

»Was meinst du«, fragte Aki, an seinen Bruder gerichtet: »Könnten wir sie nicht fest engagieren?«

»Geht leider nicht«, erwiderte Jott. »Sobald sie sich vergessen hat, reist sie weiter.«

»Stimmt auch wieder«, bestätigte Aki und reichte mir die Hand: »Ich bin übrigens Aki.«

Auch Jott stellte sich erneut vor.

»Ihr seid Pfeifen«, sagte ich.

Nach dem Frühstück nahmen Jott und ich uns noch einmal die Kajüte vor. Wir wählten denselben Ablauf wie beim ersten Durchgang und wechselten auch diesmal kaum ein Wort. Aki schraubte weiter an der Spüle.

Am frühen Nachmittag war alles erledigt.

»Wenn du willst«, schlug Aki mir vor, als wir wieder beisammensaßen, »kannst du heute Abend mit uns essen.«

»Gern. Wo wollen wir hingehen?«, fragte ich und biss in ein Sandwich.

»Zu uns nach Hause«, sagte Jott.

»Es gibt Pfeifengulasch«, ergänzte Aki.

»Ausgezeichnet«, gab ich zur Antwort.

Ich ging ins Hotel, duschte und zog mich um. Um 18 Uhr trafen wir uns auf dem Parkplatz am Fischereihafen.

Wir bestiegen einen dunkelgrünen Ford, Aki setzte sich ans Steuer. Die Dachbespannung hing an einigen Stellen lose herunter, und der Motor jammerte bei jedem Brems- und Beschleunigungsvorgang.

Wir verließen die Stadt und fuhren in eine höher gelegene, verlassene Gegend.

Ich hätte mich auch fürchten können, allein mit den zwei Männern, aber ich fürchtete mich vor gar nichts mehr. Irgendwo zwischen dem Haus meines Vaters und Antofagasta waren mir nach und nach ein paar Dinge abhandengekommen. Vielleicht war das schon der Anfang des Vergessens.

Wie in der Bar redete Jott auch im Auto beinahe flüsternd auf seinen Bruder ein. Wie dort konnte ich auch jetzt nicht hören, worum es ging. Ich sah nur Akis gutmütiges Gesicht im Rückspiegel. Manchmal nickte er.

Nach 20 Minuten bogen wir von der asphaltierten Straße in einen schmalen sandigen Seitenpfad ein. Wir bretterten über eine Hügelkuppe.

»Von hier aus kannst du es sehen«, sagte Aki.

Am Ende des Pfades, ungefähr einen halben Kilometer entfernt, stand ein blau getünchtes, zweistöckiges Haus aus dem letzten Jahrhundert. Es war von Palmen und niedrigen Büschen umsäumt.

Wir parkten bei einem alten Brunnen. Erst aus der Nähe sah ich, dass an einigen Stellen die Farbe von der Hausfassade blätterte.

Es war kühl. Ich strich meine Sachen glatt und folgte den beiden Brüdern. Die Tür wurde geöffnet, vor uns stand eine Frau von etwa sechzig Jahren. Sie winkte ihre Söhne an sich vorbei, begrüßte mich förmlich und schob mich mit einer ungelenken Bewegung in den Eingang.

Im Esszimmer setzten sich die drei auf ihre, so schien es, angestammten Plätze.

»Bitte«, sagte die Señora und wies mir den Stuhl gegenüber Jott zu.

Im Haus war es noch kühler als draußen. Ich spürte, wie mir die Kälte von den Bodenkacheln langsam in die Waden kroch. Ich fröstelte. Niemand sagte ein Wort. Eine Weile lang wünschte ich, ich hätte die Einladung nicht angenommen.

Der Raum war nur spärlich beleuchtet, an den Wänden hingen zwei große Seestücke und ein paar Fotos.

Aki kam mir zur Hilfe, indem er erklärte: »Das sind unsere finnischen Großeltern, rechts die Eltern unseres Vaters, links die unserer Mutter.«

Ich nutzte die Gelegenheit, stand auf und stellte mich direkt vor die Bilder. So konnte ich mich ein wenig bewegen und die Kälte unauffällig abschütteln.

Als ich mich wieder setzte, bemerkte ich, dass mich die Señora mit leerem Blick fixierte. Es lagen weder Wohlwollen noch Ablehnung in ihrer Art, mich anzusehen.

»Ich werde das Essen bringen«, sagte sie und erhob sich.

»Kann ich helfen?«, fragte ich, aber sie reagierte nicht.

Als sie draußen war, erklärte Aki: »Du darfst das nicht falsch verstehen. Wir bekommen so gut wie nie Besuch. Sie ist wohl etwas aus der Übung und weiß nicht, was sie sagen soll. Hier draußen ist man sehr allein.«

»Fährt sie denn nie in die Stadt?«, fragte ich.

»Nein. Was sie braucht, schreibt sie uns auf.«

»Was ist mit Kleidern?«, erkundigte ich mich. »Eure Mutter ist sehr gut angezogen.«

»Ja, darauf hat sie immer geachtet. Als unser Vater noch lebte, ging sie gern einkaufen. Ihre Schränke sind zum Bersten voll.«

»Apropos«, hakte ich ein. »Kann mir vielleicht einer von euch einen Pullover leihen?«

»Selbstverständlich«, sagte Jott. Er verließ den Raum und kehrte wenig später mit einem dunkelblauen Troyer zurück.

Ich streifte ihn über und spürte, wie das Frösteln nachließ. Die Ärmel waren etwas zu lang, sodass ich sie aufkrempeln musste, aber mir wurde sofort viel wohler. Der Pullover roch nach Meer.

Zum ersten Mal seit wir hier waren, brachte Jott ein Lächeln auf.

Die Señora kam zurück und trug das Essen auf.

Es war nicht gewürzt, und auf der Tafel fehlte Salz. Alles schmeckte fad. Dennoch behauptete ich, es sei hervorragend. Nach Akis Erklärungen war ich entschlossen, mit meinem Besuch nicht weiter zu hadern.

Wenn jemand sprach, so waren es Aki und ich.

Allmählich gewöhnte ich mich an den Abend.

Nach dem Dessert ging Jott in den Flur und brachte ein Päckchen Zigaretten.

Während wir drei rauchten, räumte die Señora das Geschirr ab. Dann setzte sie sich wieder zu uns.

»Schöner Pullover«, sagte sie unvermittelt.

»Ja, er ist von Jott«, entgegnete ich.

»Ach, ja … Er kam mir irgendwie bekannt vor«, sagte sie und verstummte wieder.

»Soll ich dich zurück ins Hotel bringen?«, fragte Aki. »Wir haben aber auch ein Gästezimmer. Und wenn du willst, stellen wir dir unsere Schwester vor.«

»Wenn ich darf«, wandte ich mich an die Señora, »würde ich gern über Nacht bleiben.«

Sie schaute nur auf den Pullover.

»Abgemacht«, sagte Aki und stand auf, um eine Flasche finnischen Wodka aus dem Schrank zu holen.

Aki, Jott und ich tranken aus großen Gläsern.

Dann führten die beiden mich durch den Flur in ein der Küche gegenüberliegendes Zimmer. Sie klopften an eine weitere Tür, warteten kurz und gingen voran.

In dem Raum: ein weißes Bett. In dem Bett: eine junge Frau.

An der Stirnseite des Zimmers gab ein Terrassenfenster den Blick auf zwei Palmen und die karge Hügellandschaft frei. Neben dem Bett stand ein Stuhl.

»Venia«, sagte Aki, während er ihr ein Glas auf den Nachttisch stellte.

Sie nahm den Blick vom Fenster und sah uns drei freundlich an.

Ihr Gesicht war nicht lieblich, aber klar wie Wasser. Ihre Haut spannte sich papierzart über die hohe Stirn, über Wangenknochen und Kinn. Das blonde Haar war im Nacken zu einem Knoten zusammengebunden.

Wie sie mich ansah, fiel ich in die weichen Gräser meiner Kindheit.

Jott bot mir den Stuhl an. Ich setzte mich.

Irgendwann sagte Aki: »Ich gehe jetzt schlafen. Dein Zimmer ist das erste oben rechts.«

Ich stand auf und bedankte mich.

Jott lehnte im Türrahmen. Seine Augen waren schwarz. Ich sah mich in ihnen, ängstlich schwimmend, nachts in einem See.

»Schlaf gut«, sagte er.

»Schlaf gut«, sagte ich.

Ich blieb die ganze Nacht bei Venia. Zwischendurch nickte ich immer wieder ein.

Zweimal öffnete ich das Fenster und ließ etwas Luft ins Zimmer. Beide Male wachte sie auf, veränderte kurz ihre Lage und schlief weiter.

Früh am Morgen brachte mir die Señora einen Kaffee und berührte mich kurz an der Schulter.

Dann tauchte Aki auf. »Komm doch mal mit.«

Ich folgte ihm. Wir gingen nach draußen und lehnten uns an den Brunnen.

»Ich will es kurz machen«, erklärte er. »Venia war ein Glückskind. Sie war gewinnend, fröhlich und ziemlich sorglos. Was sie auch anfing: Es gelang ihr. Sie studierte, las viel und sprach viel. Vor zwei Jahren jedoch wurde sie von Woche zu Woche stiller. Eines Abends kam sie von der Uni nach Hause, wirkte niedergeschlagen und matt. ‚Was ist mit dir?', fragten wir immer wieder. ‚Nichts', sagte sie und legte sich hin. ‚Nichts.' Und dann: ‚Je mehr ich dazulerne, desto weniger …' Sie hat ihren Satz nicht beendet und von da an kein Wort mehr gesprochen.

Eine von ihren Kommilitoninnen erzählte uns später, Venia sei an jenem Tag nach einer Vorlesung in die Bibliothek gekommen, habe ihre Schreibutensilien auf den Tisch gelegt und sei dann auf einen der Computer für die Katalogrecherche zugegangen. Auf halber Strecke sei sie stehengeblieben und habe sich in dem Lesesaal umgeschaut, einfach nur umgeschaut. Dann sei sie zurückgekommen, habe ihre Sachen gepackt und sei gegangen.

Seit zwei Jahren denken Jott und ich darüber nach, wie sie ihren Satz beenden wollte. Anfangs hat auch unsere Mutter mit uns spekuliert. Sie hielt Venias Veränderung zunächst für eine Laune, die sich bald wieder geben würde.

Wir haben viele Varianten erwogen, aber nur zwölf taugen wirklich etwas.«

»Und Jott?«, fragte ich.

»Jott war immer schweigsam. Als Kind hat er gestottert. Unsere Eltern haben ihn zu einer Logopädin gebracht, doch auch nach der Therapie fand er keinen Gefallen daran, sich mitzuteilen. Er und Venia standen sich sehr nahe. Seit sie nicht mehr spricht, erzählt Jott für zwei … wenn auch nur mir. Er redet noch immer nicht gern, aber er tuts.«

Aki lächelte müde. Dann richtete er sich auf und sagte: »Jott und ich müssen zum Hafen. Willst du mitkommen?«

»Würde es dir etwas ausmachen, wenn ich heute noch hierbliebe?«

»Im Gegenteil.«

Zurück in Venias Zimmer setzte ich mich wieder auf meinen Stuhl.

Manchmal war sie weit entfernt. Manchmal traf mich ihr Blick wie ein Wasserfall.

Mittags brachte uns ihre Mutter etwas zu essen. Danach schlief ich ein. Als ich aufwachte, lag ich, den

Oberkörper vornübergebeugt, mit dem Kopf auf Venias Bett.

Am frühen Abend kehrten Jott und Aki zurück. Wieder wurde beim Essen wenig gesprochen, wieder wurde geraucht und Wodka getrunken.

Ich äußerte den Wunsch, mir die Füße zu vertreten.

Jott begleitete mich. Wir strichen schweigend um Palmen und Büsche, unser Spaziergang endete am Brunnen.

»Hast du noch eine Zigarette?«, bat ich.

Er fingerte eine aus seiner Jackentasche und gab mir Feuer.

»Willst du wissen, welche zwölf Enden wahrscheinlich sind?«, fragte er.

»Nein. Ich möchte selber darüber nachdenken. Auch wenn ich annehme, dass keines von ihnen ermutigend ist.«

»Ja«, sagte Jott.

Wir gingen ins Haus und tranken noch einen Wodka.

Nachdem sich die anderen zurückgezogen hatten, nahm ich eine heiße Dusche und legte mich zu Bett. Ich schlief sofort ein.

Gegen 3 Uhr wachte ich wieder auf. Eine Stunde lang wälzte ich mich von einer Seite auf die andere, verfluchte meine Unruhe und gab ihr schließlich nach. Ich zog mich an und ging die Treppe hinunter.

An der Küche vorbei auf die Haustüre zusteuernd, sah ich, dass die erste Tür zu Venias Zimmer offenstand und unter der zweiten ein schmaler Lichtstreifen in den Flur fiel. Ich wollte schon klopfen, überlegte es mir dann aber anders und schlich nach draußen. Nach ein paar Runden ums Haus lehnte ich mich mit Sicht auf die schwarzblaue Landschaft an eine Palme. Bei dem Gedanken an Venias Anblick, an ihre Untätigkeit und ihr Schweigen, das ihre Familie wie eine Glasglocke umschloss, überkamen mich plötzlich Überdruss, Ungeduld und Ärger.

Es fühlte sich an, wie wenn man ein Haar im Mund hat.

Wie bin ich hierhergekommen?
Da war eine Tür, die ich eintrat, nicht wahr?
Oder nein: Ich trat sie nicht ein. Es ging nicht.
Etwas in mir trat etwas ein.
Und ich erinnere mich an die Frau im Lodenmantel.

Jedenfalls ist da jetzt nichts mehr. Ich sehe und fühle nur noch, was mich unmittelbar umgibt: den Farn, die Verwurzelungen, die Fältelungen, das Flattern. Und das feine Singen meiner Knochen.

17

Am nächsten Morgen traf ich Jott und Aki in der Küche. Wir tranken einen Kaffee im Stehen. Ich freute mich darauf, wieder in der Stadt zu sein.

»Werdet ihr heute rausfahren?«, fragte ich.

»Ja, um zehn und um eins«, erwiderte Aki.

»Und wohin geht es?«

»Immer zur Portada.«

Die Portada lag, wie ich aus meinen Karten wusste, rund 20 Kilometer nördlich von Antofagasta. Es war ein Monolith im Meer, der die Form eines Torbogens hatte.

Wie die meisten Reisenden in der Gegend wollte auch ich sie von Nahem sehen.

Ich fragte Aki und Jott, ob sie mich auf eine der beiden Ausflugsfahrten mitnehmen würden.

»Wenn du die Portada sehen willst, fahr mit uns alleine hin«, sagte Jott.

»Heute Nachmittag?«, schlug ich vor.

Sie waren einverstanden.

Nach dem Kaffee verabschiedete ich mich von der Señora und ging zum Auto. Bevor er einstieg, erkundigte sich Jott, ob ich nicht auch Venia auf Wiedersehen sagen wollte.

»Nein«, entgegnete ich. »Es sei denn, sie will mir auf Wiedersehen sagen.«

In meinem Hotelzimmer bestellte ich mir ein großes Frühstück mit Rührei. Ohne gekostet zu haben, salzte ich nach. Anschließend suchte ich eine der Internetkabinen auf, schrieb an Aaron und bedankte mich bei Robert für die Fotos.

Danach kaufte ich mir in der Shoppingmall einen Badeanzug, eine Taucherbrille und einen Schnorchel. Ich verstaute die Einkäufe zusammen mit Jotts Troyer und einem Badehandtuch aus dem Hotel in meiner Reisetasche.

Am Hafen fand ich Aki und Jott auf ihrem Kutter.

Aki winkte mich nach oben: »In ein paar Minuten sind wir so weit.«

Wie ich die Tasche aufs Deck warf, schauten sie mich fragend an.

»Schwimmen. – Ich.« Ich hob die Hände, um die Selbstverständlichkeit meines Anliegens zu untermalen. »Gibt es eine Strickleiter?«

»Ja. Aber hast du annähernd eine Ahnung, wie kalt das Wasser ist?«, fragte Jott.

»Für danach hab ich noch deinen Pullover«, gab ich zurück.

»Den ich dir hiermit schenke«, lautete seine Antwort.

Als wir die Portada erreichten, zog ich mir, in mein Handtuch gewickelt, den Badeanzug an.

»Hör zu«, ermahnte mich Aki. »Da unten gibt es gefährliche Strömungen. Ich möchte nicht zusehen, wie du ertrinkst.«

»Ich habe einen Tauchschein«, beruhigte ich ihn. »Ich werde vorsichtig sein.«

Währenddessen ließ Jott die Strickleiter ins Wasser.

»Aber schwimm nicht zu weit«, sagte er, als ich hinunterkletterte. »Da hinten kommt dann irgendwann Australien.«

Bis zur Portada waren es etwa 250 Meter.

Ich setzte Taucherbrille und Schnorchel auf, glitt ins Wasser und schwamm. Es war tatsächlich ungemütlich kalt.

Ich schwamm um die Portada, kraulte weiter nach links, schlängelte mich an kantigen Felsen vorbei und schwamm wieder in Richtung Boot.

Meine Arme tauchten nach unten und vorn, nach unten und vorn, die Beine zogen automatisch nach. Zuerst hatte ich nur nach ein paar Fischen Ausschau halten wollen, aber irgendwie verlor ich mich in der Bewegung. – Unten, vorn, unten, vorn, unten vorn, nicht atmen.

Dann stieß ich mit dem Kopf gegen eine Scheibe.

»Jetzt«, dachte ich ohne Aufruhr. »Sehen, was ist.«

Ich hob den Kopf, sah mein Spiegelbild und dahinter einen Theatersaal. – Ein kleines Halbrund in blauem Licht, aus dem mir erwartungsvolle Gesichter entgegenstrahlten. Es wurde gelacht und geklatscht.

Ich schaute hinein. Ich schloss die Augen. Ich verlor das Bewusstsein.

(Wahrscheinlich war es andersherum.)

Etwas umfing meine Hüften.

Etwas zog mich nach oben.

Jemand wuchtete meinen Körper auf hölzernen Boden.

Jemand stützte sich auf meinen Brustkorb.

Jemand hüllte mich in Decken.

»Hast du den Verstand verloren!«

Ich schlug die Augen auf: Über mir, ganz nah, bebte eine Unterlippe.

»Willst du dich umbringen?«

Jott richtete sich auf, hievte das über mich geschlagene Bein zu sich und befahl Aki, sich weiter um mich zu kümmern.

»Was, verdammt nochmal, ist mit dir los?!«, schrie Aki mich an, während er mich an den Achseln hochzog und aufsetzte.

Ich lehnte an einem Turm aus gewundenen Seilen. »Tut mir leid«, sagte ich. »Es tut mir wirklich leid. Bitte entschuldigt.«

Sie legten an und brachten mich zum Hotel. Jott, noch immer durchnässt, zitterte vor Kälte, bestand aber darauf, dass ich seinen Pullover behielt.

»Ruf an, wenn du was brauchst«, sagte Aki und gab mir einen Zettel.

»Bitte glaubt mir«, versuchte ich es noch einmal. »Das war nicht meine Absicht.«

»Was auch immer da unten passiert ist«, sagte Aki, »ich will es nicht wissen.«

18

In der Nacht bekam ich Fieber. Ich fror und schwitzte, ließ mir ein Bad ein und brachte es doch nicht fertig, hineinzusteigen. Selbst meine Kopfhaut tat mir weh.

Ich nahm zwei Aspirin und ließ mir einen Cognac bringen. Bis ich einschlief, hörte ich das dumpfe Wummern meines Herzschlags.

Als ich früh morgens aufwachte, war das Fieber vorüber. Ich fühlte mich klar und ausgeruht.

Meine Reise ging zu Ende.

Ich beschloss, in zwei Etappen zu fliegen und einen Zwischenstopp in Bogotá einzulegen, wenn Robert Zeit für ein Treffen hätte.

Unten in der Lobby schickte ich ihm eine E-Mail, seine Antwort kam prompt: Ja, er sei noch drei Tage in der Stadt und würde mich gern wiedersehen.

Nachdem ich einen Flug für den nächsten Tag gebucht hatte, teilte ich Robert meine Ankunftszeit mit.

»21.30 Uhr. Gut. Ich werde da sein«, schrieb er zurück.

Der Flug von Bogotá nach Frankfurt erwies sich als Problem. Da mich die Internet-Auskunft der Fluggesellschaft wiederholt wissen ließ, dass meine Anfrage zu kurzfristig sei, rief ich Aaron an und bat ihn um Hilfe. Wenig später erhielt ich die Reisebestätigung. Ich würde 24 Stunden nach meiner Ankunft in Bogotá erneut starten und am Sonntagnachmittag in Frankfurt landen.

Ich ging wieder in mein Zimmer, legte mich aufs Bett und beobachtete die Staubpartikel, die in einem schmalen Lichtstreifen über mir schwebten. Ein sachtes Klopfen auf die Matratze genügte, um sie wild durcheinanderwirbeln zu lassen.

»In drei Tagen bist du wieder zu Hause«, sagte ich laut. Es klang komisch.

Später wählte ich Akis Nummer. »Darf ich euch beide heute Abend einladen?«, bat ich.

»Ist gut«, sagte er. »Wir sind um sieben bei dir im Hotel.«

Aki und Jott erschienen zur verabredeten Zeit, jedoch in ihrer Arbeitskluft, und gaben mir auch sonst mit jeder Geste zu verstehen, dass sie nur bedingt dazu bereit waren, sich zu amüsieren. Ich nahm es zur Kenntnis und hielt die Beklemmung aus, die ich verursacht hatte.

Nach dem Essen orderten wir Wodka. Später suchten wir die Bar auf, in der ich die beiden zum ersten Mal gesehen hatte. Wieder etwas später gingen wir in eine weitere Bar – und noch etwas später in die nächste. In der letzten hatten sie mir längst verziehen, griffen sich zwei Barhocker und zeigten mir, wie man einen finnischen Tango tanzt.

Wir tranken auf Venia, wir tranken aufs Trinken, wir tranken auf Antofagasta, auf Männer mit Bärten und Männer ohne, wir tranken auf uns, auf warme Pullover, auf die Freundschaft, auf Finnland und auf Bootslacke. Gesungen wurde auch.

»Jetzt, mein Freund«, sagte Aki zu Jott und legte ihm einen lahmen Arm um die Schultern, »geht es zurück an Bord.«

»Ja. Kajüte«, bestätigte Jott. Dabei tätschelte er mir den Kopf.

Vor dem Hotel empfahlen sie sich mit einer pantomimischen Darstellung des Sonnenaufgangs.

Fünf Stunden später packte ich meine Tasche, beglich die Hotelrechnung und schlenderte zum Hafen.

Jott und Aki ließen gerade ein paar Touristen an Bord. Wir gaben einander die Hand und wünschten uns alles Gute. »Und deinen Pullover willst du wirklich nicht zurückhaben?«, fragte ich Jott.

Er schüttelte den Kopf.

Pünktlich um halb zehn am Abend landete ich in Bogotá.

Am Ankunftsterminal versuchte ich, unter den vielen Wartenden Robert ausfindig zu machen, aber er war nicht zu sehen. Da ich jederzeit damit rechnete, ihn zu entdecken, konnte ich mir, während ich umherwanderte, ein Lächeln nicht verkneifen. Zwischendurch stellte ich mich auf die Fußspitzen und drehte mich nach links und rechts. Nach einer halben Stunde schaltete ich mein Handy ein. »1 Mitteilung empfangen« stand auf dem Display, aber es war bloß eine Information über Roaminggebühren.

Inzwischen standen nur noch wenige Menschen in der Halle.

Ich wählte Roberts Nummer. Es klingelte, aber die Mailbox war offenbar ausgeschaltet. Im Laufe der nächsten Stunde versuchte ich es noch zweimal, dann gab ich auf.

Enttäuscht nahm ich mir ein Zimmer in einem der Flughafenhotels. Den restlichen Abend verbrachte ich in der Badewanne und vor dem Fernseher.

Am nächsten Morgen rief ich noch einmal bei Robert an. Diesmal blieb sogar das Klingeln aus. Ich fand die Nummer des Anthropologischen Instituts heraus und erkundigte mich, ob Robert dort sei. Ich hörte, wie die Frau am Telefon jemanden im Hintergrund fragte. »Nein, tut mir leid«, sagte sie. »Hier ist er nicht.«

Der Tag zog sich endlos hin. Da ich keine Lust hatte, mir Bogotá alleine anzusehen, trieb ich mich am und im Flughafen herum.

Ich aß, trank Kaffee, las Zeitschriften.

Immer wieder kreisten meine Gedanken um Robert. Mich einfach zu versetzen, sah ihm nicht ähnlich. Ich tröstete mich damit, dass er sich bald melden und mir erklären würde, was ihm dazwischengekommen war.

Die Tatsache, dass meine Reise einen so dürftigen Abschluss fand, hätte zumindest einen Anflug von Vorfreude auf zu Hause auslösen können. Stattdessen weckte die Vorstellung, wieder in Frankfurt zu sein, Aaron, unsere Freunde und meine Mutter wiederzusehen, eine merkwürdige Assoziation: Ich malte mir aus, wie ich einen grauen Recycling-Umschlag öffnete, der ein Anschreiben enthielt, in dem man mich über säumige Mitgliedsbeiträge informierte und darüber, dass das Nichtbegleichen der offenen Summe bis zum x-ten des Monats als Austrittserklärung aufgefasst werden würde. Kein Absender, keine Kontonummer, keine Bezifferung des Betrages.

19

Wir landeten mit wenig Verspätung in Frankfurt. Als Aaron mich in die Arme schloss, vergoss ich ein paar Tränen. Vermutlich war es eine Mischung aus Erschöpfung und Erleichterung. Meine Befürchtung, dass er oder ich oder wir beide zögern könnten, dass wir allzu vorsichtig aufeinander zugehen, einander nur flüchtig mit einer Hand am Arm berühren und dann, ein paar förmliche Worte wechselnd, zum Auto gehen würden, löste sich in Wohlgefallen auf. Jetzt war es gut, wieder hier zu sein.

Wir fuhren zu meiner Wohnung. Ich nahm eine Dusche.

Als ich aus dem Badezimmer herauskam, zog er mich aufs Bett. Abends gingen wir in die Pizzeria um die

Ecke und flachsten mit den Kellnern. Nach dem Essen und zwei Gläsern Rotwein sehnte ich mich nach Schlaf.

Allein in meiner Wohnung schaute ich die Post durch und schaltete den Rechner ein, um nachzusehen, ob Robert sich gemeldet hatte. Keine Nachricht von ihm. Zu müde für alles andere schickte ich ihm nur ein Fragezeichen und einen Gruß.

Eine freie Woche lag vor mir.

Den Montag verbrachte ich mit ein paar Besorgungen. Ich füllte meinen Kühlschrank auf und kochte abends für Aaron und mich. Am Dienstag ging ich schwimmen, aß mittags in der Stadt und trank unten im Haus einen Espresso. Mich bei jemandem aus meinem Freundeskreis zurückzumelden, schob ich vor mir her.

Schon Aaron gegenüber vermied ich es, Näheres von meiner Reise zu berichten. Weder hätte ich es fertiggebracht, meine Begegnungen mit Robert, Rosa, Merce und den anderen in Anekdoten zu verpacken, noch hätte ich ausdrücken können, warum sie weit mehr für mich waren als Reisebekanntschaften.

Meine anfängliche Freude darüber, wieder zu Hause zu sein, wich allmählich dem beunruhigenden Gefühl, dass zwar alles noch an seinem Platz war, aber nicht mehr zu mir gehörte. Vor meiner Abreise hatte ich jeden einzelnen Gegenstand in meiner Wohnung in die Hand genommen und die meisten von ihnen weggeworfen. Das wenige, das jetzt noch da war, musste mir also wirklich etwas bedeutet haben. Doch so sehr ich mich auch anstrengte: Es wollte sich zu keinem Ding mehr ein Gefühl einstellen. Als noch beunruhigender empfand ich die Feststellung, dass mir die Namen meiner Freunde nicht auf Anhieb einfielen.

Aaron und meine Arbeit erschienen mir als die letzten verlässlichen Koordinaten. Wenn ich mich wieder zurechtfinden wollte, musste ich mich an ihnen orientieren, und so beschloss ich am Mittwoch, früher als geplant, in die Restaurierung einzusteigen.

Ich fuhr zur Baustelle und kletterte das Gerüst hoch. Auf der obersten Standfläche – ein wohlvertrautes Bild: Auf einem kleinen Tisch lagen Werkzeuge, Farben, Pinsel und Watte. Es roch nach Lösungsmitteln, das Radio dudelte. Meine Kolleginnen waren in ihre Arbeit vertieft.

Sie empfingen mich herzlich, erkundigten sich nach meiner Reise, erzählten mir von den üblichen Querelen mit dem Denkmalamt und zeigten mir, wie weit sie bis jetzt gekommen waren. Wenig später stand ich neben ihnen vor der Wand und löste mit dem Skalpell kleine Farbschollen von einem in die Fläche eingelassenen Stuckrelief.

Es zeigte Mneme, die Muse der Erinnerung.

In den darauffolgenden Wochen warf ich mich in meine Aufgabe. Auch an den Wochenenden hielt es mich nicht zu Hause. Ich genoss es, allein auf dem Gerüst zu stehen und mich in die von einer Baulampe beleuchteten Details der Wandgestaltung zu versenken.

Jeden Abend hoffte ich auf eine Nachricht von Robert, jeden Abend entsorgte ich einen weiteren Gegenstand aus meiner Wohnung.

20

Am 14. Juli, knapp drei Wochen nach meiner Rückkehr, war ich abends mit Aaron zu einem Konzertbesuch verabredet. Nach der Arbeit fuhr ich heim und zog mich um. Kurz bevor ich die Wohnung verlassen wollte, überprüfte ich im Stehen meine Mails.

Der Posteingang enthielt eine Nachricht. Ich sah den Nachnamen des Absenders und glaubte, Robert hätte mir geschrieben. Mit klopfendem Herzen setzte ich mich an den Tisch und las, verstand aber nicht. Ich las noch einmal.

Die E-Mail stammte nicht von Robert. Sein Bruder hatte sie verfasst.

Als der Inhalt seines Schreibens zu mir durchdrang, fühlte es sich an, wie wenn man im warmen Meer einen Stein umklammert und spürt, dass eine kalte Strömung einen langsam davontreiben wird. Vielleicht ruft man um Hilfe, vielleicht bleibt man stumm vor Entsetzen.

Egal wie, die Kräfte lassen unweigerlich nach, und die Einsicht, Land zu verlieren, kommt schleichend. Bis sie mit einem Mal Gewissheit ist.

In derselben Nacht, in der ich mit Jott und Aki in Antofagasta um die Häuser gezogen war, hatten auch Robert und Matías – nach einer Veranstaltung im Institut – einige Kneipen durchstreift. Einem Polizeibericht zufolge hatten die beiden ein Lokal verlassen, nachdem sie dort von drei betrunkenen Männern angepöbelt worden waren. Was danach geschehen war, stand im Einzelnen nicht fest, aber am frühen Morgen waren Roberts und Matías' Leichen in einer Einfahrt aufgefunden worden. Jemand hatte die beiden ausgeraubt und mit einem Kopfschuss getötet.

Roberts Beerdigung sollte am kommenden Samstag in Wiesbaden stattfinden.

Ich trieb auf offener See. Die Inseln, die ich sah, waren palmenlos und ohne Trost.

Tagelang dachte ich nur einen einzigen Satz: Jemand hat Robert in den Kopf geschossen. Jemand hat Robert in den Kopf geschossen.

Jemand hat Robert in den Kopf geschossen.

Aaron bat mich, in seine Wohnung einzuziehen. Ich lehnte ab.

Ich hörte seine Stimme, als läge ich unter Wasser.

Roberts Beerdigung.

Ein Menschenmeer, das hohe Wellen schlug und ratlos verebbte. Mittendrin erkannte ich Roberts Freundin Fanny, ihr Anblick war bestürzend.

Den Kreis der engsten Angehörigen umschritt ich weiträumig, aber ich elendete vor mich hin.

Der Pfarrer behauptete, wir seien nun reicher um das, was wir verloren hätten.

Gern wäre ich aufgestanden und hätte ihn aufgefordert, die Wahrheit zu sagen: Nie wart ihr, nie waren wir ärmer und erbärmlicher als jetzt!

Ich tat es nicht.

In den Tagen nach der Beisetzung trank und trank und trank ich mich in die Nähe von Nichts, bis die Adern an meinen Armen schmerzhaft anschwollen.

Etwas darin wurde stillgelegt.

Es krepierte und verdarb.

Was bleibt, ist eine unbestimmte Furcht.

Was bleibt, ist eine sickernde Mulde, in der alles, was gut ist, den Atem verliert.

Was bleibt, ist die Unfähigkeit, frohen Mutes zu sein.

Natürlich, natürlich: Die Hoffnung verlässt einen nie.

Hoffnung ist gedächtnislos.

Darin ähnelt sie dem Zufall.

21

Ich ging nicht mehr aus dem Haus. Aaron sah jeden Tag nach mir und zwang mich, etwas zu essen.

Ich war nicht mehr intakt.

Mein Körper blieb starr, und die Gedanken überschlugen sich. Ein jeder landete vornüber im Sand.

Wenn ich nicht an Robert dachte, dachte ich an Merce.

Einmal versuchte ich, ihn in seiner Bar zu erreichen, doch die Geräuschkulisse war zu laut.

»Ich möchte mit Merce sprechen«, rief ich in den Hörer. »Merce!«, wiederholte ich.

Der Wirt verstand nicht und legte auf.

Etwas in mir rollte sich zusammen und machte sich schwer.

Ein Sinken und Trudeln. Dann ein Aufsetzen mit Gelenken so weich, dass sie mich nicht mehr hielten.

Die meiste Zeit lag ich bäuchlings auf dem Boden.

Die Welt erschien mir so flach. Manchmal sah ich mich im Schlaf über den Rand hinausrutschen.

Einmal kniete Aaron neben mir.

»Hast du zu Robert gehört?«, fragte er.

Nein, dachte ich.

»Nein«, sagte ich. »Wir waren Freunde.«

Jede Nacht tastete ich meinen Körper ab und empfand seine Unversehrtheit wie einen Verrat.

Jede Nacht fiel mir Farn ins Gesicht.

Sofern ich schlief, träumte ich schlecht.

Aaron gewährte mir zwei Wochen.

Dann setzte er sich zu mir und sagte: »Du musst wieder unter Leute.«

Ich nickte.

»Wollen wir nächsten Samstag ein Essen machen?«, schlug er vor. »Wir laden nur unsere engsten Freunde ein.

Ich willigte ein. Ich hatte keine Ahnung, wovon er sprach.

»Du wirst dich wohlfühlen«, sagte er.

»Ja.«

Alles entzieht sich, alles verschließt sich. Alles, worüber ich nachdenke, zerfällt in Silben und Buchstaben.

In meinem verdreckten Anzug fühle ich mich wie ein Semikolon.

Ich werde es dabei belassen.

22

Aaron ging zur Arbeit. Abends kaufte er ein, und wenn er nach Hause kam, strich er mir im Vorübergehen über den Kopf.

Inzwischen gab er sich, als sei alles normal – oder eben nur zeitweilig aus dem Lot.

Wir beide wussten es besser.

Am Samstag raffte ich mich auf und stieg in meinen Anzug.

»Willst du nicht dein neues rotes Kleid anziehen?«, fragte Aaron.

Ich reagierte nicht.

Unsere Gäste brachten Wein und Blumen.

Beklommen standen sie in meiner Wohnung und schauten sich um. Bis auf den Tisch und die Stühle war nichts mehr da.

Ich bemühte mich, ihren Gesprächen zu folgen, verlor aber immer wieder den Faden.

Am Tisch sitzend, schaute ich in die Runde: Ich sah Aaron, doch die anderen lösten sich vor meinen Augen auf. An ihrer Stelle saßen jetzt mein Vater, Robert und Rosa, Merce, Laura und Nik, die beiden Mädchen, Aki, Jott und Venia.

Ohne aufzublicken, zogen sie die vor ihnen liegenden Servietten vom Tisch, entfalteten sie mit einer angedeuteten Wurfbewegung und strichen sie auf ihren Schenkeln glatt. Dann nahmen sie zeitgleich ihr Besteck auf und legten es sich in den Schoß.

»Bitte entschuldigt mich«, sagte ich und verschwand in die Küche, um den Flaschenöffner und ein Feuerzeug für die Kerzen zu holen. Ich steckte beides in die Hosentasche, vergaß für einen Augenblick die anderen und ging benommen ins Schlafzimmer.

23

Ich öffnete den Kleiderschrank und schob die Bügel auseinander.

Vor mir lag eine Lichtung. Ich erkannte sie wieder.

Ich trat ins Freie, zog Schuhe und Strümpfe aus.

Der Boden war weich, warm und trocken.

Ich setzte mich auf einen Hügel aus Moos.

Nach einer Weile stand ich auf, um zu Aaron und den anderen zurückzukehren.

Die Türen waren verriegelt.

Ich klopfte sachte gegen das schwere Eichenholz.

Vielleicht, so kam es mir in den Sinn, war Aaron auf der Suche nach mir ins Schlafzimmer gegangen und hatte den Schrank im Vorübergehen geschlossen.

Ich rief seinen Namen und die der anderen.

Später schlug ich mit der flachen Rechten gegen das Holz, doch niemand reagierte.

Ich schlug, bis ich begriff, dass ich nicht mehr zurückwollte.

Ich schlug, bis ich mich reicher fühlte um das, was ich verlor.

Nun.

hirnlos hüpfen
wild und kalt
tisch und haus
im sand über uns hin

Peter Arnold Schröder

Dank

Dank an meine Freunde
Nikolaus Bischoff, Tanja Winkler, Kirsten Kohlhaw, Stefan Foermer, Rolf Schmucker, Heribert Lenz, Peter Arnold Schröder, Maja Rettig, Christoph Junk, Dagmar Hübner, Friederike Walter, Christiane Meyer-Thoss und Simone van de Loo.

Dank an die Familie Hay, die mir nicht nur ihr Haus, sondern auch ihren Hund überließ, sodass ich in Ruhe – und doch in guter Gesellschaft – weiterschreiben konnte.

Dank an Al Blonski, der seinem Beruf alle Ehre gemacht hat.

Dank an José Oliver und an die Stadt Hausach für ihre Gastfreundlichkeit und eine großzügige Herberge im »Molerhüsli«.

Dank an den Hausacher »Löwen« für eine ausgezeichnete Küche.

Dank an Frau Tüscher vom Landesjagdverband Hessen, an Herrn Hülsemann von der Deutschen Sporthochschule Köln und an Frau Wegener von der Wegener Jachtwerft in Wedel für ihre freundlichen Auskünfte.

Dank an Julia Borgwardt.

Dank an Rainer Weiss und Anya Schutzbach für ihre geduldige und ermutigende Unterstützung.

Britta Schröder
Zwölfender
Roman

Konzept Design
Gottschalk+Ash Int'l

Umschlaggestaltung
Julia Borgwardt, borgwardt design
Motive von
© Antagain, istockphoto.com

Foto Britta Schröder
© Britta Schröder

Druck und Bindung
CPI Clausen & Bosse, Leck
Printed in Germany
Erste Auflage 2012
ISBN 978-3-86337-018-3

Dieses Buch ist auch als eBook erhältlich
ISBN 987-3-86337-047-3

weissbooks.com

Dieses Buch wurde auf FSC®-zertifiziertem Papier gedruckt. FSC® (Forest Stewardship Council) ist eine nichtstaatliche, gemeinnützige Organisation, die sich für eine ökologische und sozialverantwortliche Nutzung der Wälder unserer Erde einsetzt.

FSC www.fsc.org MIX Papier aus verantwortungsvollen Quellen FSC® C083411